「聖女など不要」と言われて怒った聖女が
一週間祈ることをやめた結果→

登場人物紹介
アーヴィング
ルイーゼを見張る役目を
担っている騎士。無口。
その出自には秘密が
あるようで……？
ルイーゼ
聖女の力を宿す本作の主人公。
聖女の必要性を認めてもらおうと
孤軍奮闘中。優しく温和だが、
少々世間知らずの一面も。

クラリス
ルイーゼの先代の聖女。
口が悪く、
酒と煙草が好き。
ニック王子
スタングランド王国の王子。
次期国王の座を
狙っている。
エリック
冒険者の少年。
ピアの相棒。
勝気な性格。
ピア
冒険者の少女。
エリックの相棒。
信心深い。
ミランダ
ルイーゼの身の回りの世話を
任せられている
城の食堂で働くおばちゃん。
子供が好き。

一日目

「今、なんと仰《おっしゃ》いました？　もう一度言っていただけますか？」

聖女ルイーゼは困惑した面持ちでニック王子に聞き直した。

まだそんなことを心配する年頃でもないのに、加齢で耳が衰《おとろ》えてしまったのだろうかと聴覚の不具合を疑ってしまう。

それほどまでに、彼の言葉は衝撃的だった。

間違いであってほしいというルイーゼの願いは、何度も聞き返されて、不愉快そうに椅子の上でふんぞり返るニックによって見事に打ち砕かれる。

「だからキミ、聖女やめていいよ」

聞き間違いではない。聴覚は大丈夫だったが、それで問題が解決したわけではなく——むしろより大きくなったと言える。

王国の外《はず》れにある『魔窟《まくつ》』。一見するとなんの変哲《へんてつ》もない小さな洞窟だが、そこは魔物に力を与える根源である。放っておけば周辺の魔物は本来の力を取り戻し凶暴化してしまう。

それを防ぐために聖女と呼ばれる役職がこの国には存在している。

今代、封印の守り手である聖女の任を担《にな》っているのが彼女――ルイーゼだ。

聖女をやめていい。それはつまり後任を探せ、ということに他ならない。

聖女なくしてこの国は存続できないからだ。

「お言葉ですが、私はまだ任期を全うしていません。後任の選抜まであと三年ほどの猶予《ゆうよ》が――」

「後任など不要だ」

「……え？」

「僕は全部分かっているんだ。魔窟《まくつ》の封印なんて初めから必要なかったんだろ？」

「な、何を言っているんですか！」

ルイーゼは眉をひそめる。

幼さを残した顔立ちと、百五十をなんとか超えるかという上背《うわぜい》に、女性らしさの感じられないすとんとした体形。顔立ちは整っているほうではあるが、痩せていてどことなく不健康な印象だ。

そんな彼女が睨んだところで、ニックは怯《ひる》みもしない。

「これを見てもまだ虚勢を張れるのか？」

ルイーゼの足元に投げられたのは、聖女不要説を提唱する書籍の数々だった。

面白半分に揶揄《やゆ》するものから魔物による被害と聖女の因果関係の薄さを指摘したものまで。内容に多少の差異はあれど、どれも一貫して『聖女は必要ない』ことを声高に叫んでいた。

「国王陛下は、なんと仰《おっしゃ》ってますか」

「父上からは僕に一任すると許可を頂いている。ほら、委任状」

「よく見せてください！」

ぴらぴらと見せびらかされた書類には確かに国王陛下の判が押されていた。しかし、肝心の内容がここからでは分からない。しっかり確認しようと手を伸ばすが、騎士に阻《はば》まれてしまう。

「不敬だぞ。それ以上近付くんじゃない」

ニックも、騎士も、彼を取り巻く貴族も。まるでルイーゼが犯罪者であるかのように白い目を向けていた。

もちろん誰も口に出さないが、目は時に口よりも雄弁だ。

「祈りを止めれば、魔物が活性化して国が滅びてしまいます！」

強い口調でルイーゼは言い切った。

今、この国が平和を謳歌《おうか》できているのは、ひとえに聖女の力あってのものだ。

ひとたび魔窟《まくつ》の封印が解ければ……どうなるかは火を見るよりも明らかである。

「ふん。足が震えているぞ。化けの皮が剥《は》がれてきたな」

「……違っ、私は！」

慣れない場所にいきなり呼び出され、見知らぬ人々に——しかも全員が自分の存在を否定している——囲まれれば、誰だってこうなる。

そんなルイーゼの心境など誰も慮《おもんぱか》ってくれない。すべて、自分たちの都合のいいように解釈される。

「聖女の地位と名誉を失うことがそんなに怖いのか？」

（違う、そうじゃないのに……なんで信じてくれないの！）

祈りを怠《おこた》ってはならない。

当たり前の話をしているだけなのに、誰もルイーゼの話を聞こうとはしない。

（どうすればみんな信じてくれるの？）

これだけの人数を納得させられるほどの弁を、短時間で思いつくはずがない。

偶発的に何かを閃《ひらめ》いても、口達者な王子に論破されて終わりだ。

言いあぐねるルイーゼに、ニックは宣言した。

「この際だからはっきり言おう。ルイーゼ、聖女はただの無駄飯食らいだ。古き習わしを悪用して税金を搾《しぼ》り取り、自らを肥《こ》え太らせる――醜《みにく》い豚だ」

「――え」

「この国で聖女を必要としている者など誰もいない。王族しかり、貴族しかり、国民しかりだ」

「……」

「何度でも言わせてもらおう。聖女など不要だ」


――音が、聞こえた。

あらゆる悩みを断ち切り、すべてを解放する心地よい音だ。

その音は――まあ要するに、ぷつん、という何かが切れる音だ。

それと共に、全員を満場一致で納得させる極上の案が、天からぽろりと零れ落ちた。

聖女の力を信じてもらえないなら、信じざるを得ない状況にすればいい。

「ふ、ふふ……あははは」

「何がおかしい？　嘘がバレて気でも触れたか？」

「王子。聖女など不要と仰《おっしゃ》るなら、こういうのはどうでしょう？」

ルイーゼが提案したのは、一週間祈りを止めることだ。

「一週間で何も起きなければ、私はいさぎよく聖女をやめます」

しかし、どこかの時点で大きな変化——魔物が暴れ始める、など——が起これば王子は非を認め、ルイーゼに謝罪する。

普通であれば、ルイーゼの立場からこんな申し出はできない。だが——ニックが相手であれば話は別だ。彼はこういった戯《たわむ》れめいた賭《か》け事が大好きだと風の噂で聞いたことがある。

予想通り、ニックは面白そうな表情を浮かべた。

「ほう——たった一週間でいいのか？」

「ええ」

「不正を働かないよう、その間は君の身柄を拘束させてもらう。構わないな？」

「もちろんです」

唇を歪めて笑うニックに、ルイーゼは冷笑を返した。

立場も境遇も違う二人だが、今、この瞬間だけは全く同じ考えに至っていた。

一週間後が楽しみだ、と——

二日目

ここスタングランド王国は、聖女が祈りを捧げることで災いから逃れ繁栄してきた。

聖女なくして、今日の隆盛はあり得なかっただろう。

しかし――現代になり、その存在を疑問視する声は多い。

あらゆる技術が発展した今日、聖女に存在意義はあるのだろうか？

仮に魔物がどれだけ暴れようと、屈強な冒険者や王国騎士がいれば国民に被害が及ぶとは考えられない。

建国黎明期《れいめいき》。まだ国力も弱かった時代には、もしかしたら本当に必要だったのかもしれない。

しかしそれは封印の守り人としてではなく――偶像としてだ。

我々は神に守られた信徒。

聖女はそのために天から遣わされている。

人類は繁栄を約束されている。

魔物など恐れるなかれ――と。

だから聖女には男女問わず目を引くような、見目麗しい女性が必ず選ばれる。

結局のところ、祈りに封印の効果などないというのが最近の有力な説だ。

栄華を誇る現代において、聖女などという偶像はもはや不要なのだ。

▼

朝の過ごしかたは人それぞれだ。商人は品出し、農家は水撒き、冒険者は仕事の確保。

聖女はもちろん――――祈りだ。

「……」

ベッドから起き上がったルイーゼはするりと服を脱ぎ、清潔な布で身体を清めていく。

身体が汚れていると祈りの効果が薄れてしまう――なんてことはない。

言うなればこれは聖女流の精神統一だ。身体の汚れを拭い落としながら、人としてあって当然の邪念を払い落としていく。

役目を授けてくださった神への感謝と、連綿とこの国を守ってきた歴代の聖女への礼賛《らいさん》と、魔なる者への憐憫《れんびん》。

それらで頭を満たしてから、法衣――聖女の正装で、特別な効果はない――を着用する。

膝を折り、魔窟《まくつ》の方角に向かって頭《こうべ》を垂れてから、静かに両手を合わせ――

「って、違う違う！　祈っちゃダメ！」

――ようとしたところで、ルイーゼは我に返った。

昨日から数えて一週間、祈りを捧げないと誓ったのだ。

魔窟《まくつ》の脅威を人々に思い出してもらい、聖女の必要性を改めて説く。そうしなければ、この国は滅びてしまう。

腹立たしいニックへの意趣返しももちろんあるが、大枠の目的はそれだ。

そう決意したはずなのに、ぼんやりと目を覚ますと祈りを捧げようとしてしまった。昨日の夜も、入浴後の流れで危うく祈りそうになったところだというのに。

習慣というものの恐ろしさを、ルイーゼは改めて実感していた。

「まあ、七年も聖女やってたらこうなるよね」

ぽつりと独りごちる。かつてのルイーゼは男爵家の三女という微妙な位置に生まれたこともあり、両親から一切の期待を受けず漫然と日々を過ごしていた。そんな自分が突然聖女に選ばれ、早七年。時間というものの流れを実感してしまう。

「とにかく、聖女の祈りがちゃんと魔物を封じているって分かってもらうまでは祈らない、絶対！」

ルイーゼは両手を握り締め、決意を新たにした。

今、ルイーゼがいる場所は自室ではなく、貴族専用の牢《ろう》だ。そのため、そこそこ室内は綺麗に整っている。てっきり普通の牢屋《ろうや》に入れられるのかと思っていたのだが、ニックの粋《いき》な計らいだろうか。

——否。絶対に違う。

まともに言葉を交わしたのは昨日が初めてだったが、性格はなんとなく掴めた。彼は自分が成り上がるためなら躊躇《ためら》いなく他者を蹴落とすことができる人間だ。

聖女を馬鹿にしていたあの男が、そんな細かなことに気を回すとは思えない。

これはおそらく彼なりの嫌がらせだろう。

幽閉中はあえて丁重に扱い、祈りの無用さが確定すれば一気に貶《おとし》める。それを見て愉悦に浸る顔が簡単に想像できてしまう。

聖女は代々、『継承の儀式』という特殊な方法で技を受け継いでいく。過去の聖女の記憶を追体験するもので、たった一週間で聖女として必要な技能を得ることができる。

面倒な修行は必要ないものの、代償として儀式の最中は耐え難いほどの苦痛に見舞われる。

その際、聖女の技とともに魔窟《まくつ》の基本的な知識も習得できる。

叩き込まれた知識によると、祈りを止めてから二十四時間が経つと、段階を経て魔窟《まくつ》は力を取り戻していく。

第一段階――魔物の増加。

第二段階――魔物の変化。

第三段階――魔物の強化。

第四段階――魔物の多様化。

第五段階――魔物の進化。

第六段階――災厄の時。

実際に第六段階になったのは、はじまりの聖女の時代にまで遡《さかのぼ》る。

それ以降、百年近くにわたり第一段階すら解けたことはない。

歴代の聖女たちが守り抜いてきたこの国を、ルイーゼは一時の感情で危険に晒《さら》そうとしている。

先代の聖女がまだ存命であれば、杖で死ぬほど辛い折檻《せっかん》を受けるだろう。

しかし……どうしても許せなかった。

ニックのあの言葉は、命を賭《と》してこの国を守ってきた聖女全員への侮辱《ぶじょく》だ。

ルイーゼ個人への悪口であれば、いくらでも聞き流せた。愛想が悪い、幸薄そうな顔をしている、動きが鈍い、胸が小さい。そんなことは言われ慣れているし、好きなだけ言わせておけばいい。

しかし……聖女が不要だと言われてはさすがに黙っていられなかった。それを認めてしまえば自分だけでなく、歴代の聖女たちが重ねてきた努力をも否定することになってしまう。

それだけは見過ごすことができなかった。

もちろん、ニックへの個人的な恨みもある。ほぼ初対面であそこまでこき下ろされても笑顔でいられるほど、ルイーゼは聖人ではない。

「見てなさい王子……絶対、後悔させてあげるわ！」

第六段階になれば取り返しのつかないことになる。

その前に祈りの重要性に気付いてもらわなければならない。

結局他人任せになることを歯がゆく思いながら、ルイーゼは願った。

「できるだけ早く気付いてもらえますように……」

▼

「王子、ニック王子」

「ん……」

「おはようございます。朝食のお時間でございます」

いつものように、ニックは執事の声で目を覚ました。

「あと五分……」

「王子、いい加減にしてください。これで三度目です」

「ああもう、分かった……」

執事に揺さぶられ、渋々……といった調子でニックはベッドから這い出た。

彼がこれほど眠気に襲われている原因は、ルイーゼだ。

彼女を牢《ろう》に閉じ込めてから不正が行われないよう、ありとあらゆる手を尽くしていた。

ニックはあまり根を詰めて仕事をするような人間ではないが、これで自分の進退が決まるとなると話は別だ。

聖女の追放。

この成否で、彼が兄たちを出し抜いて王となるかが決まると言っても過言ではない。

「朝食後に教主様との面談です。長丁場になりそうですので、それ以外の予定は外《はず》してあります」

教会——聖女を信仰し、彼女にまつわる行事を取りまとめる役割も担《にな》う組織だ。聖女を政《まつりごと》に利用しないため、王政からは独立している。

聖女のための管理組織——つまり、ルイーゼの活動はすべて教会を通して行われる。

それを完全に無視して彼女を直接呼び出し、追放を宣言した。

教会が激怒するのは当然だ。

これから何を言われるか……考えただけで胃の奥にズシリと重たい何かがのし掛かってくる。

しかし——ここで引く訳にはいかない。

(あの女一人を追放すれば相当な金が浮く。その功績をもってすれば、僕が王になることは十分に可能だ)

夢にまで見た王座への道筋。そこを突き進むには、教会の長である教主との会談は避けて通れない。

「見てろ無能女。一週間後、絶対にこの国から追い出してやる」

ニックにとっては多少危ない橋を渡ることになるが、だからこそやる価値がある。

(この案を出してくれた『あいつ』には、本当に感謝しなければならないな)

「聖女の監視役は？」

「ちょうど腕利きの騎士が国外任務から戻って参りましたので、彼を常駐させることにしました」

万が一おかしな行動をすれば即刻取り押さえ、そのまま裁判にかける。

おかしな行動をしなくても……その時はまた別の策を用意している。

聖女がどんな手を使おうと、追放を免《まぬか》れることは不可能だ。

「そういえば、ルイーゼが祈りを止めてからちょうど一日か」

ニックは窓の外から、のどかな街並みを見下ろした。

「何も起きるはずがない」

冒険者

この大陸には、冒険者と呼ばれる職業が存在している。

他大陸から人間が移住した当初は未開の地だらけだったことから、未踏破の道を冒険する凄腕集団——そういう意味で『冒険者』と名付けられたらしい。

だが現代においてはその雄々しい名前とは裏腹に、体《てい》のいい使いっ走りの代名詞となっている。

特に魔物の脅威がほとんどないこの国においては、余計にその意味合いが強い。

「さて——気合い入れていくか！」

「うん。今日こそいい依頼を取りたいね」

そんな冒険者を生業《なりわい》としている少年・エリックと、彼の相棒である少女・ピア。

二人は景気のいい声を掛け合いつつ、いつも通りギルドへと向かった。

冒険者の仕事内容は様々。魔物退治から引っ越しの手伝い、人探しや猫探しまで多岐に渡る。

なんの仕事が取れるかは、これから始まる争奪戦次第だ。

「本日の依頼を貼り出しまーす」

ギルド内で待機していた冒険者たちが、受付嬢の声で一斉に依頼板の前に殺到《さっとう》する。

「うおおおお！」

エリックたちも負けじと、果敢《かかん》にその中に飛び込んでいく。

押し合いへし合いの末に手に入れた依頼書は――

「皿洗い……くそ、ハズレしか取れなかった！」

「ごめん、私は鉱石の運搬……」

依頼貼り出しは文字通り戦争だ。いかに割のいい依頼を一瞬で見極め、誰よりも早く手を伸ばすか。

この国で冒険者として生きていくならば、なんらかの特技を持っているよりも、割のいい依頼を受けるほうがよほど重要だ。

多くの依頼をこなせば階級が上がる。そうなれば割のいい仕事を別口で紹介してもらえるようにもなる。

しかし、冒険者を始めて一年の二人がそのレベルに届くはずもなく。

最低でもBランクに上がるまでは、こうして朝早くからの依頼争奪戦に参加する他ない。

「取れなかったよりはマシだと思おうぜ」

「う、うん……」

しょんぼりと項垂《うなだ》れる二人の傍らで、当たりの依頼を引いたパーティが勝利の雄叫びをあげている。

「よしっ！　スライムいただき！」

スライム討伐は『脊髄《せきずい》反射で受けろ』なんて格言があるほど人気のある依頼だ。

畑の作物を食い散らかすせいで農業組合の連中が目の敵《かたき》にしているため、常にいい値段で依頼が出ている。

畑の作物にとっては害獣そのものだが、冒険者にとっては実入りのいい、宝箱に等しい魔物だ。

死ぬ間際に悪臭を放つ体液を放出するのが玉に瑕《きず》だが、そんなことは全く気にならない。

なんにせよ、かける労力に比べればとんでもなく割がいい『当たり』の一つだ。

「いいなぁ……」

羨んでも依頼が変わるはずもない。

とぼとぼと、エリックたちは指定された場所へと歩き始めた。


「あー、しんどいぃ」

エリックが取った依頼——皿洗いを済ませ、鉱石を二人がかりで運んでいく。

依頼者がギルドから最も離れた南西側だったので、報酬《ほうしゅう》を時間で割るととんでもなく低賃金の仕事だ。できることなら受けたくないが、生きるためには働くしかない。

「ったく、西にもギルド支部作れっての」

王都のギルドは東に集中していて、それ以外の地区にはない。これにはれっきとした理由がある。

東門を出た先にある洞窟。

魔窟《まくつ》と呼ばれるそこを中心に、災厄は姿を現すという古い言い伝えがある。

万が一の事態にすぐ対処できるよう、ギルドはもとより騎士の施設や治療所など、東地区には戦闘関連の施設が集中している。

いにしえの時代からの名残《なごり》なのだが——エリックはこの一年を通して人間を脅《おびや》かすような魔物を見たことがない。

無害なスライムはもとより、悪戯《いたずら》しかしないゴブリン、怖がりのオーク。

一つ目のギガンテスが振るう腕に当たれば無事では済まないが、常に目をこすり続けていて、見当違いの方向を攻撃するため避けるまでもない。

昔の魔物は強く、そして種類も多かったと聞く。今、魔物たちの数が少なく弱いのは、聖女が祈りを捧げているためだ。

祈りのおかげで魔物はほぼ無力化され——スタングランド王国は平和を謳歌《おうか》している。

エリックがまだ子供の頃、祖父に聞かされたおとぎ話だが、もちろん彼は信じていない。

国民の大半がそうであるように、エリックも聖女否定派だ。

「はっ。なーにが聖女だよ。苦労ばっかりさせやがって」

もちろん聖女の存在と、彼がいい依頼を取れないことは全くの無関係だ。

要するに単なる愚痴《ぐち》であり、八つ当たりに過ぎないが、彼のように自身の不満を聖女にぶつける輩《やから》は多い。

しかし、彼の相棒は違っていた。

「ちょっと、聖女様の悪口はやめてよね」

ピアはこのご時世では珍しく、聖女を信仰していた。そのため、エリックが聖女に言いがかりをつけるたび、こうして眉をひそめて彼を睨むのだ。

「へいへい。悪うござんした」

適当に話を区切り、エリックは再び重い足取りで鉱石を運んだ。


夕方になり、ようやく仕事を終えて今日の稼ぎを手に入れる。

なんとか二人で食い繋げられる程度の小銭だ。

これがスライム退治なら遅くとも昼には終わり、稼ぎもずっと多い。

昼からもう一度依頼を受けることも、身体を休めることも思いのままだ。

「帰るか。メシ食って明日に備えねえと」

二人で宿に足を向けようと振り返ると、一組のパーティがギルドの扉を開いた。

「……あれ。スライム退治を受けてたヤツじゃないか?」

当たりの依頼を引いてはしゃいでいた二人組のパーティ。彼らの身体はぬめぬめとした液体で照り輝いていた。離れていても漂ってくる異臭——間違いなく、スライムの粘液の臭いだ。

「スライム退治のあと、また討伐依頼に出たのか?」

「エリック。二回はあり得ないよ」

いわゆる実入りのおいしい魔物討伐依頼は、パーティで一日一度という制限がある。二度目の依頼で薬草採取などを受け、そこで運悪くスライムに粘液をかけられた……考えられるのはその辺りしかない。

「ど、どうされたんですか？」

ギルドの受付嬢がただならぬ様子の二人に事情を聞く。

なんとなく気になり、エリックはその会話に耳をそば立てた。

「……スライムが」

「スライムが？」

「とんでもなく、たくさんいました」

「……えーと」

受付嬢は返答に困っている。

子供でも踏みつければ倒せるほど貧弱なスライムを相手に、いくら多かったとしてもここまで手こずるだろうか？

エリックと同じように聞き耳を立てていた数人の冒険者が、鼻で笑いながらその場を後にした。

同じく粘液まみれになったもう一人の冒険者が、涙ながらに訴える。

「うぇ……ホントに。ぐすっ。あいつら、いつもの五倍……いえ十倍くらいはいたんです。見渡す限りスライムが……ねばねばが……ああああ……」

「わ、分かりました分かりました！　頭を振らないで！」

受付嬢は粘液を飛ばす冒険者から身体を離しつつ、必死でなだめた。

――魔物の大量増殖。

その日、討伐依頼に出かけた冒険者たちは全員同じ目に遭った、とのことだった。

ゴブリンを狩りに行った冒険者パーティも、大量のゴブリンを前に為す術《すべ》なく武器や防具を根こそぎ奪われていた。

魔物の数は時期や気候によって多少増減する。しかし、増えると言っても誤差の範囲に収まるものだ。すべての魔物が一斉に数を増やすなんて、これまで起きたことがない。

「なんだか気味が悪いわね。天変地異の前触れかしら？」

宿に戻ったピアが、不安そうな顔で自らを抱きしめる。

「たまにはこういうことだってあるんじゃねえの？」

深く考えず、エリックは部屋の明かりを消した。

――この日を境に、これまで当たり前だった日常は終わりを告げた。

▼

聖女という職業は基本的に暇である。

朝と夜の祈りの他には月に数回、教会が行う式典に参加する程度。あとは指定された相手を聖女の力のひとつである『癒しの唄《うた》』で治療するくらいだ。

それ以外は教会を出なければ、何をしていても文句は言われない。

先代が存命だった頃は毎日のように街へ繰り出し、医者が匙《さじ》を投げた病人を治療して回っていたが……ルイーゼの代になった途端、ぱったりとなくなった。

もともと教会は癒しの唄《うた》を多用することに反対していたらしい。

祈りの負荷は確かに大きいが、唄《うた》はそれに比べれば遙かにましだ。

病気で苦しむ人を助ける仕事くらいはやりたいとルイーゼ自身は常々思っているが、他ならぬ教主の決定だ。無下にすることはできない。

――そんな訳で、とにかく聖女は暇である。

もちろん祈りを捧げるという大事な仕事があるにはあるが、それも一度につき十分。朝と夜に祈るので合わせて二十分だ。

今はそれすらもしなくなったのだから、それはそれは暇を持て余してしまう。

普段のルイーゼがしていることは、三つに集約される。

その一、掃除。これは彼女が綺麗好きという訳ではなく、雑巾《ぞうきん》を使って暇を潰しているだけだ。

その二、読書。小難しい哲学書などではなく、市井《しせい》の人間が読む恋物語などを好んで読んでいる。

その三、瞑想《めいそう》。これも言ってしまえば暇つぶしだ。

雑巾《ぞうきん》も書物もないとなれば、することはもう決まっていた。

「瞑想《めいそう》しよ……」

瞑想《めいそう》は精神を律し、心の疲れを和らげる効果があると言われている。

姿勢は自然体であればなんでもいい。ベッドの上で寝そべるもよし、肩の力を抜いて立つもよし。

ルイーゼの場合、部屋の角で膝を抱えて座るのがお気に入りの瞑想《めいそう》ポーズだ。

あえて角を選ぶ理由は——壁だ。壁がすぐ横にあるほうがなんだか落ち着く。

そして部屋の角はなんと二ヶ所も壁に接している。つまり安心感が二倍という、ルイーゼにとっては最強の瞑想《めいそう》場所だ。

部屋の角に座り、膝の上に頭を乗せて静かに目を閉じる。

息を吸って、吐く。吸って、吐く。

「すぅ……」

規則正しく呼吸を繰り返していると、周辺の音が少しずつ消えていく。いや、気にならなくなる。

これが集中できている状態だ。そして今度は、意識を自分の内面に潜り込ませ……

「入るぞ」

「え?」

部屋の扉が、いきなり跳ねるように開けられた。

無遠慮に入ってきたのは、腰に剣を携えた男と、バスケットを持った中年の女性だった。

女性が部屋の角で膝を抱えるルイーゼを見つけて眉を上げる。

「そんなところで何をやっているんだい」

「……瞑想《めいそう》です」

「メソメソといじけてるんじゃなくて？」

「違います。瞑想《めいそう》です」

「分かった分かった。そういうことにしておいてやるよ」

「……というかどなたでしょうか、あなたたちは」

説明しても一向に信じてくれないので、ルイーゼは説得を諦めた。

ノックすらなく入り込んできて居座る二人。もちろん初対面だ。

半眼でルイーゼが尋ねると、二人はようやく名乗った。

「俺はアーヴィング。一週間、お前の世話係に任命された。欲しいものがあれば俺に言え」

「アタシはミランダ。一週間、食事係をさせてもらうよ。食べたいものがあれば言って頂戴」

「……どうも」

二人とも、敵愾心《てきがいしん》を隠そうともしない。

特にアーヴィングだ。鋭く睨み付けるような目線に、思わずルイーゼは萎縮《いしゅく》してしまう。

あえて言うまでもないが、彼らを遣わしたのはニックだ。当然のように聖女反対派だろう。

「まずは朝食を用意したよ」

中年の女性――ミランダが、持っていたバスケットの上から布を取ると、先ほどから漂っていた胃を刺激する匂いがより強くなった。

焼きたての香ばしそうなパン、小さめのウッドボウルに野菜が詰め込まれたサラダ、まだ湯気が立っているゆで卵――どれもおいしそうだ。

それをそのまま、でん、とテーブルに置き、腕を組みながらルイーゼを睥睨《へいげい》する。

「さ、お食べ」

ルイーゼは即座に首を横に振った。

「いりません」

「……はっ。さすがは聖女様だ。こんな庶民のメシは食えないってのかい！」

「わっ」

ミランダの、女性にしては発達しすぎている筋肉が躍動し、ルイーゼの胸ぐらを掴む。小さな身体が宙に浮いた。

ただ、ルイーゼを傷付けてはならないという制約でもあるのか、荒々しく胸ぐらを掴まれた割に全く痛みや苦しさを感じなかった。

「落ち着いてください。誤解です」

「何が誤解なんだい。アンタ今、こんな粗末なモノは食べられませんって言っただろう！」

（言ってない言ってない）

ルイーゼは胸中で頭を振った。敵愾心《てきがいしん》とは恐ろしいもので、何をどう繕っても気に入らない人間の言葉は否定的に処理されてしまう。

先に理由を説明しておくべきだったか、とルイーゼは反省した。

「あの、私、朝は食べないんです」

「普段高級なものばかり食べてるからコレが食事に見えな…………………え？」

「ですから。朝、食べないんです」

「……」

「……」

しばし、見つめ合ったあと。

ミランダは無言のままゆっくりとルイーゼを下ろし、掴んだ際に乱れた襟《えり》を直した。バツが悪そうにそっぽを向きつつ、頬を掻《か》く。

「……そいつは、悪かったね。アタシの早とちりだったよ」

「いえ。私が人と違う時間帯に食べるんで、仕方ないですよ」

「だったら食べる時間を聞いておこうか。次はそれに合わせて作らせてもらうよ」

少し乱暴だが、ミランダはしっかりと勘違いを認め、謝った。

その姿勢で彼女本来の人柄がなんとなく見える。敵意で隠れているが、決して悪い人物ではないとルイーゼは確信する。会話を重ねれば、聖女に対する偏見もなくなり仲良くなれるはずだ。

「私の食事の時間は十時と十六時の二回です」

「十六時以降は食べないのかい？」

「はい」

ルイーゼの変則的な食事時間は、祈りが大きく関係している。

胃を空にしておかないと、負荷によって吐いてしまうためだ。それを説明すると、静かに成り行きを見守っていたアーヴィングが口を開いた。

「祈っていないのなら、今食べても問題はないはずだが？」

「いえ。ここで生活を乱しすぎると、復帰した時に大変なので」

「……復帰できると思っているのか」

アーヴィングは目を細め、ルイーゼを睨《ね》めつけた。

聖女否定派の二人に、祈らないことで聖女の必要性を説くと言っても『おかしなことを企んでいる』と勘繰られるだけだ。ルイーゼは曖昧《あいまい》に微笑んで誤魔化した。

ミランダは大きな肩をすくめながら、バスケットに再び布を被せる。

「――なんにせよ、分かったよ。十時にもう一度作り直そう」

「いえ、これでいいですよ？」

パンは焼きたて、卵は茹でたて、野菜はもぎたて。数時間経ってもそこまで味は落ちないはずだ。しかし、ミランダは頑なに首を横に振る。

「冷めた食事を出すなんて、アタシの矜持《きょうじ》が許さないよ」

「せっかく作ってくださったのに勿体ないですよ」

「だったらこうしよう。こいつはアタシの朝メシにして、アンタ用に新しいものを作る。これなら文句ないだろ」

「分かりました」

食材を捨てるならさすがに譲れないものがあったが、ちゃんと食べるというなら構わない。

厨房に戻ると言い、ミランダは部屋を後にした。

それを見送ると、部屋の中はルイーゼとアーヴィングの二人きりになった。彼はずっと、難しい顔をしながらルイーゼを監視している。

「……聞いていた聖女と随分話が違うな」

アーヴィングは独り言のように漏らし、窓際に腰を下ろした。

(それって私が聖女っぽくないってこと？　これでも七年間、聖女をやってるんだけど⁉)

言い返したい気持ちをぐっと堪え——顔が怖くて何も言い返せない——、ルイーゼは定位置である部屋の角に座り込んだ。

「また瞑想《めいそう》か？」

「いえ、今はいじけてます」

「……違いが分からん」


アーヴィングとの気まずい沈黙を乗り越え、ようやく食事の時間がやってきた。

この間、無言を貫いた訳ではない。

ミランダのように話せば分かってくれる人かもしれないという希望を持って、ルイーゼにしては珍しく積極的に話しかけた。

しかし彼からの反応は芳《かんば》しくなく、大半が「あぁ」とか「そうか」だけで会話が終わり、余計に気まずくなるということを繰り返していた。

ミランダが戻ってきたことで、ようやくルイーゼは肩の力を抜いた。

「ほら、今度こそおあがり」

「ありがとうございます」

さっきと全く同じパンとサラダとゆで卵――全部しっかりと作り直してある――を出され、お腹がきゅうと鳴き声をあげる。

「ごちそうですね」

「はんっ。聖女様の口に合えばいいんだけどね」

鼻を鳴らしながら、彼女は腕を組む。

ほんの少し会話した程度で打ち解けられるはずもなく、未だに刺々しさを感じる。

この騒動が終わる頃には普通に話せるようになっているだろうか。

（いや、なれるように頑張ろう）

そんな気持ちを胸に抱きつつ、ルイーゼは両手を合わせて食事前の祈りを捧げた――

「アンタねぇ……祈る時間が長すぎるよ」

「そうですか？　神様と、食材と、農家の人と、作ってくれた人に祈っていたらこれくらいはかかりますよ」

「……毎回そんなに祈っていたら時間がなくなるだろう？」

「朝はいつもバナナしか食べないんで、もっと早いですよ」

一本のバナナなら祈る時間は最小で済む。

かつては普通に食事を取っていたが、食べている最中に呼び出されることが度々あったので、そこからは手軽に食べられるものに切り替えたという経緯がある。

朝はバナナ。それがルイーゼなりの時短術だ。

「それしか食べてないのかい？」

「はい」

「二回目の食事は？　いつも何を食べてる？」

「具なしのリゾットか、塩茹でのスパゲティですけど」

「……ちょっと腕見せな」

ミランダはルイーゼの手を取り、袖をまくり上げた。

「どうかしましたか？」

「……アンタ、肌が荒れやすいんじゃないかい？」

唐突にそんなことを聞かれ、ルイーゼは目を見開いた。

全くその通りだからだ。直射日光の下を歩いたらすぐ赤くなり、何もしていないのに発疹《ほっしん》が出る。

「立ちくらみや冷えもあるね？」

「どうして分かるんですか？」

ミランダは瞼《まぶた》の裏や舌を見ながら、ルイーゼの身体の不調を次々に言い当てた。

特別な魔法を使うような素振りはなく、ミランダはただ見ているだけだ。なのに、なぜこうも正確に言い当てられるのだろう――ルイーゼは不思議そうに首を傾げた。

「なんでこんなことになっているんだい」

ルイーゼの身体に触れるたび、ミランダの顔がどんどん険しくなっていく。

「アンタ……本当に聖女かい？」

「えっ」

アーヴィングに続いて、ミランダにまで聖女を疑われてしまった。

(私ってそんなに聖女らしくないの？　結構、頑張ってるんだけど……)

内心ショックを受けるルイーゼなど露知らず、ミランダは神妙な顔で腕を組んだ。

「……まあいい。アンタが何者だろうと、こんな状態になっている子を見逃す訳にはいかないね」

「こんな状態……って？」

「なんでもないよ。ほら、冷めちまう前にさっさと食べな」

詳しい理由は説明されず、促されるままに食事を頬張った。

匂いから分かっていたことだが――出された食事はどれもおいしかった。


「あの」

食事が終わり、再びアーヴィングと二人きりになった。

同性ということもあり、ミランダとは打ち解けられる予感がするが……アーヴィングにはどうにもそういう気配がない。

それでも、あと六日間このままというのは拷問に等しい。少しでも打ち解けられるようにと話しかけてみる。粘り強く言葉を交わせば、少しくらいは刺々しい雰囲気が薄れるはずだ。

「欲しいものを用意してくれるって言いましたよね？」

「ああ」

「でしたら、雑巾《ぞうきん》を頂けないでしょうか」

「……なんだって？」

むすっとしたアーヴィングの表情に困惑が混ざり込んだ。

何か変なことを言ってしまっただろうかとルイーゼは自分の言動を振り返るが、別段おかしなところは発見できなかった。

「ほら。丈夫な布を重ねたもので、水に濡らして――」

「雑巾《ぞうきん》が何かと聞いたんじゃない。どうしてそれが必要なのかと聞いたんだ」

「その……掃除がしたくて。テーブルとか拭いてたら、いい暇つぶしになると思いません？」

「……」

アーヴィングの目が鋭さを増す。それに比例して、部屋の空気までもが重くなったようにルイーゼは錯覚した。

「……分かった。すぐに用意しよう」

ルイーゼを監視する姿勢を解除して、アーヴィングが立ち上がる。

短いが会話ができたことに内心で小さな喜びを噛みしめていると、彼のほうから声がかかった。

「それから」

「は、はいっ」

アーヴィングは部屋の扉を開けながら、肩越しにルイーゼを睨んだ。

「俺に敬語は不要だ」

「……え」

彼も仲良くなろうという意思があるのか……？　朗報であるが、敬語を取れというのは今のルイーゼには難易度が高すぎる。

「いやいや、目上の方に砕けた言葉遣いなんて――」

「十九」

「え？」

「俺は十九だ。そんなに変わらんだろ」

それだけを言い残し、アーヴィングは扉を閉めた。

ルイーゼは魂が抜けたように、ぽつりと呟く。

「嘘……年下？」


アーヴィングが年下という事実は、ルイーゼに多大なショックを与えていた。

性別の差はあれど、あれほど背が高くて大人びた容姿をしている人物が一つ下だとは、にわかには信じがたい。

「ほら。雑巾《ぞうきん》だ」

「ありがとうございます」

三十分もしないうちに戻ってきたアーヴィングから雑巾《ぞうきん》（と、バケツに入った水）をもらい、テーブル拭きを開始する。持て余した暇を処理するために自分から頼んだのに、彼が気になってしきりに目を向けてしまう。

「何か用か」

「あの、本当に十九ですか？　てっきり二十五くらいかと」

それが失礼なことだと気付いたのは、言った後だ。アーヴィングはあからさまに眉間に皺を寄せた。

「……悪かったな、老け顔で」

「い、いえいえ！　そういう意味じゃなくて……羨ましいなと思って」

「何？」

ルイーゼは雑巾《ぞうきん》を持ったまま、ちょうど目の前にあった鏡の前に立った。

平均以下の身長と、実年齢を言い当てられたことのない童顔。

大人の女性に憧れていろいろ試行錯誤しているが、あらゆる部分の成長は五年ほど前からピタリと止まっている。鏡の自分を指さしながら、ルイーゼはしょんぼりと肩を落とした。

「見てくださいよ、この子供っぽい顔。未だに十五とか言われるんですよ？」

「下に見られる方がいいだろ。上に見られたっていいことないぞ」

「上に見られる方がいいです。下に見られてもいいことないですよ」

「下に見られる方が男にモテるだろ」

「上に見られる方が女性から声かけてもらえますよね？」

年上に見られすぎる男と、年下に見られすぎる女。ここまで何もかも逆だと、話がとことんかみ合わない。これも嫌がらせの一環かと思うと、余計ニックへの恨みが募った。

——結局、『上か下か』論争は平行線のまま、二度目の食事を迎えた。

▼

「ほら、おあがり。あと、お祈りは手短にしときな」

夕食——と呼ぶには早すぎる時間だが——のメニューは大きな鶏肉を焼いたものと、色とりどりの野菜がたっぷり入ったスープ。さらにはデザートに果物まである。

「あの」

「なんだい。好き嫌いがあるなんて言ったら承知しないよ」

「じゃなくて。こんなに頂いてもいいんですか？」

普段の食事を思えば、あまりに豪華すぎる。

誕生日でもないのにこんなものを用意してもらえるなんて……と、ルイーゼは思わず及び腰になった。

「頂いてもいいじゃない。頂かないといけないんだよ。今、アンタに必要なものを詰め込んである。全部残さず食べな」

「……はぁ。じゃあ、いただきます」

両手を合わせ、スプーンを手に持った。

申し訳ない気持ちを抑えつつ、言われた通り最小限の相手に感謝を捧げ、すぐに食べ始める。

「んっ……」

スープをひとさじ掬《すく》い、息を吹きかけて冷ましてから口を付ける。

一見すると透明のスープは香辛料などで下味が付けられていて、とても味わい深い。飲んだものが今どこを通っているか分かるほど熱を帯びていて、冷えた身体が一気に温かくなる。

「おいしい……おいしいです！」

「当たり前だよ。誰が作ったと思ってるんだい」

ミランダは腕を組み、得意げに鼻を鳴らした。

鶏肉の上にはドロドロしたソースが掛けられていて、これが驚くほど合う。旨味を増し、臭みを消し、さらに鶏肉によくあるパサパサ感を上手に中和し、するりと胃の中に入っていく。

夢中で食べていると、あっという間に目の前のお皿は空になっていた。

「ご馳走様でした」

「はいよ。いい食べっぷりだったよ」

乱暴に頭をくしゃくしゃとされる。

――こんな風に誰かと触れ合うのはいつぶりだろうか。

教会の神官たちが聖女に近付くことはあまりない。

雲上人――というより、腫れ物のような扱いだ。唯一の例外は教主だが、彼はとても多忙でルイーゼと会う機会は月に数回程度しかない。

「風呂は十八時でいいんだね？」

贅沢なことに、この牢屋《ろうや》は地下に風呂まで備え付けられている。

窓の鉄格子にさえ目を瞑《つむ》れば、牢《ろう》というより別荘と呼称したほうが正しいかもしれない。

手早く皿を片付けたミランダは「時間になったら呼ぶよ」とだけ言い残し、部屋を出た。


雑巾《ぞうきん》で部屋を掃除している間に、風呂の時間になった。

浴室への入り口は外にあるため、一度部屋を出なければならない。

入浴中に逃げ出さないよう入り口を分けているらしいが……こっちのほうが逃げられる危険性があるのでは、と思わずにはいられない。

もっとも、四方を囲うように配置されている見張りの騎士を退けることができれば、の話だが。

階段を下りた先には大きな岩をくり抜いた湯船が、地面に埋まるような形で置いてある。

お湯がどこからともなく流れてくる天然の温泉だ。

「服はこの中に入れておきな。新しいものは私が用意してやるよ」

「ありがとうございます」

ミランダに手渡された籠を胸に抱き、ルイーゼは頭を下げる。

昨日は外にいる騎士の一人が見張り役だった。もちろん入浴中は仕切りで見られないようになっているが、薄い壁を挟んだ向こうに男性がいる状況は精神上よろしくない。

今日からはミランダが見張り役をしてくれるので、ルイーゼは安心して入浴を済ませた。

――いつもなら入浴後、そのまま流れで祈りを捧げることにしている。

無意識のうち祈りの動作に入ろうとしていたルイーゼだったが、ミランダに首根っこを掴まれて中断させられる。

「何やってるんだい。こっちに来な」

「……あ」

鏡台の前にすとんと座らされ、ほどよい硬さのブラシで髪を梳《と》いてもらう。

規則正しいリズムで髪の隙間を流れる感触が心地いい。

(まただ。また祈ろうとしちゃった)

身に染みついた習慣は「やらないといけない」というより、「やらなければ気持ち悪い」レベルになっている。現に今も、ルイーゼの胸の中では違和感が渦巻いている。

「そんなに祈ることが大事なのかい」

「はい。国を守護するのが私の使命ですから」

正直に言うと、感情に任せて祈りを止めた現状を少し後悔している。

冷静さを欠いた状態で思いついた案が最善策なんて、あるはずがない。

そんなことが可能なのは物語の中の主人公だけだ。

ルイーゼが自分自身で考えた行動で、上手に事が運んだ記憶はない。

今回だってそうだ。

祈りを止めればどうなるのか。他の誰も知らなくても、自分だけは知っている。

魔物たちは人畜無害の皮を被っているだけだ。魔窟《まくつ》の影響を受ければ元の凶暴さを取り戻す。

どれだけの人が傷付くだろう。ルイーゼは怒りに駆られるあまり、最前線で魔物と接する人々のことをまるで考えていなかった。

もっと他にいいやり方があったのではないかと、自問自答するばかりだ。

教主を呼んで対処してもらう。それこそがあの場においての『最善』だったのではないか――今ではそう考えている。

(教主様なら、もっといい方法を考えてくれていたはず)

考えないようにと思考に蓋をしていたのに――ミランダの何気ない質問から、次々に悪い想像が駆け巡る。

聖女という肩書きがなければルイーゼはただの世間知らずで、誰かに言われなければ正しい道を選ぶこともできない小娘に過ぎない。

「ほら、終わったよ」

「ありがとうございます、ミランダさん」

「仕事でやってるんだ。礼なんざいらないさ」

二人で下りてきた階段を上りながら、ルイーゼは決心する。
今ならまだ間に合う——と。

▼

「アンタ。ちょいとツラ貸しな」

部屋に戻るなり、ミランダはアーヴィングを呼び出した。

二人はニックに選ばれて派遣されたが、これまでに面識はない。

唯一分かるのは、聖女反対派だということだけ。

王宮の食堂で働いていただけの自分と違い、アーヴィングはいろいろ知っているはずだ。

「単刀直入に聞くよ。あの子は一体なんなんだい？」

「なんだと言われても、聖女としか」

「あんなヒョロヒョロの子供がかい？」

聖女ルイーゼの年齢は二十だという。元々が童顔ということを差し引いても、小さすぎる。

身長だけではない。肌は色を失い、筋肉は痩せ衰《おとろ》え、髪は艶がなく、抜け毛も多い。

ミランダの見立てでは少なくとも数か月——いや、数年は劣悪な食生活を送っている。

身体のあちこちが悲鳴をあげているのに、本人はそれに全く気付いていない。

身体に痣《あざ》こそなかった——入浴の際、こっそりと肌を見せて貰った——が、ルイーゼが置かれている境遇は虐待のそれだ。

「見た目に気を遣って、無理な減量をしているだけだろう。聖女がぶくぶくと太っていては示しがつかない」

「ナメんじゃないよ。アタシの目は節穴じゃない」

とぼけたようなアーヴィングの物言いに、ミランダは視線を鋭くする。

彼女はかつて孤児院を経営していたことがある。平和な国とはいえ、望まぬ境遇に生まれた子供は一定数いる。

度を超えた体罰を行う親。何日も食事を抜く親。子供のすべてに無関心な親。

そんな子供たちを何人も保護し、育ててきた。

だからこそ、ルイーゼがこれまでどう過ごしてきたかはすぐに分かった。

「本物の聖女がどこかに逃げていて、あの子は身代わりなんじゃないだろうね？」

「いいや。断言するが、あいつは本物の聖女だ」

「だったらなおのこと問題だろう」

本物の聖女が時間稼ぎにルイーゼを寄越したというなら話は早い。逃げ回る聖女を追いかけて捕まえれば大団円だ。

――でも、そうでないなら？

問題があるのは聖女ではなく、ルイーゼを庇護している教会ということになる。

ミランダを含めた多くの国民が思い描いている聖女は、効果のない祈りを行い国から大金をせしめる稀代の悪女だ。

その前提が崩れるとなれば、魔窟《まくつ》を封じる祈りが眉唾という話も怪しく思えてしまう。

「アンタも何かおかしいとは思わないのかい？」

「……」

アーヴィングはミランダの問いかけに何も答えなかった。

「はん。見上げた愛国心だね。反吐《へど》が出るよ」

言ってからすぐ、彼を責める資格などないことを自覚する。

ミランダもずっと、聖女を憎んでいたからだ。

なんの疑問も持たず、誰かが作った聖女像をそのまま鵜呑《うの》みにしていた。

ほんの少し言葉を交せば、世間で流れている聖女の話が嘘だということは明らかだ。

それほどにルイーゼは純粋な目をしている。

聖女の力を信じた訳ではないが、ミランダはもうルイーゼに悪感情を向けるつもりはない。

「アタシはあの子につくよ。上に密告するかい？」

「お前が仕事を放棄するというなら交代を頼むが、そうでないなら報告することなどない。聖女に対して何を思おうが自由だ」

ミランダの仕事は食事を作ること。これさえ守っていれば、彼は何もする気はないようだ。

「一応言っておく。あいつを連れて逃げようだなんて考えるなよ」

「ンなことするわけないだろう。アンタこそ、妙な真似をするんじゃないよ」

「……俺の仕事はあいつの世話。それだけだ」

視線を逸らすアーヴィング。

ミランダは彼が、何か隠し事をしていると直感した。

ニックは自分の利になることには驚くほど知恵が回る。あらゆる事態を想定し、何重にも策を練っていると見て間違いない。

アーヴィングはそのうちの一つだろう。

なんらかの理由で一週間待てなくなった時、「自分は聖女じゃないという旨の発言をしていた」とでも言わせれば、即座に勝負を終わらせることができる。

世話係とはよく言ったもので、その実態は監視役——或いは、ルイーゼが不利になるように調整する『仕掛け役』だろう。

そうでなければ、女の世話を男にさせるはずがない。

(よくもいけしゃあしゃあと「世話するのが仕事」なんて言えたもんだ)

アーヴィングの済ました顔に一発拳を叩き込みたい衝動を、ぐっ、と堪える。

「そこまで馬鹿じゃないよ。ただアンタがあの子に何かしたら——さすがに黙っちゃいないよ」

「お前が騒ぎを起こさなければ俺も何もしない。それでいいか?」

「ああ。今の言葉、忘れるんじゃないよ」

「話は終わりか。なら俺は戻るぞ」

ニックの命令があるまで何もしない。それは承知しているが、年頃の男女がひとつ屋根の下だ。

杞憂《きゆう》とは知りつつ、ミランダは念のために追加で釘を刺しておいた。

「アンタ、あの子が可愛いからって妙な気を起こすんじゃないよ」

「……くだらん。そんな心配は無用だ」

▼

（なんの話をしてるんだろう）

ミランダとアーヴィングが一緒に部屋を出てから、十五分が経過していた。

気になって壁に耳を当てていたが、話し声は全く聞こえない。

諦めて部屋の角に座り込んでいると、ほどなくしてアーヴィングだけが戻ってきた。

「おかえりなさい。ミランダさんは？」

「詰め所に戻った」

それだけ言って、定位置に片膝を立てて腰を下ろす。

「あの、アーヴィングさん」

「なんだ」

「もしかして、夜もここに居るんですか？」

「当たり前だ」

（それはちょっと嫌だなぁ……）

これでもルイーゼは年頃の女性だ。男性と一緒の部屋というのはかなりの抵抗がある。

「俺だって我慢してるんだ。あと五日、お前も我慢しろ」

嫌がるルイーゼの心を見透かしたように、アーヴィングは諦めろとぶっきらぼうに告げた。

(そういう問題じゃないでしょう⁉)

その物言いに腹を立てつつ、なんとか心を静めながら話題を変更する。

「アーヴィングさん」

「なんだ」

あまり近付きすぎるとあからさまに睨んでくる——相当、嫌われているようだ——ので、ギリギリの距離を保ってからルイーゼは話しかけた。

「お願いがあるんです」

「欲しい物か。今日はもう用意できないが、それでも構わんのなら聞くだけ聞こう」

「物じゃなくて、会いたい人がいるんです」

魔法の登場により人は暗闇を退ける手段を得たが、やはり夜は暗い。室内にいくつも光源があるものの、昼よりもはっきりと濃い暗闇が部屋全体を染めていた。

闇の中に身体が半分隠れている彼に向かって、ルイーゼは頭を下げた。

「教主様に、会——」

「ダメだ」

まるで剣を振り下ろすように、アーヴィングはルイーゼの言葉をバッサリと切った。

それでもルイーゼは負けじと食い下がる。

「お願いします。どうしても彼に」

「くどい！」

「っ⁉」

アーヴィングは本当に剣を抜き放ち、ルイーゼの喉元に切っ先を突きつけた。

少しずつ――少しずつ、前進する。

剣に押されるようにルイーゼは後退し、ベッドの縁に足を引っかけてそのまま尻餅をついた。

「お前は自分の立場が分かっているのか？」

アーヴィングは眉間に皺を寄せ、犬歯をむき出しにして食ってかかる。

「ここに軟禁された理由は、あたかも祈りに効果があるような不正を働く間を与えないため――表向きはそうだ」

息も忘れてルイーゼは彼の話に聞き入った。

「ニック王子はお前に少しでも付け入る隙があれば、即座に追放するつもりだ。それなら一週間を待たずとも賭《か》けに勝てるからな。教主に会いたいなんて、どう言い繕おうと『黒』と判断されるぞ」

「――っ」

「今の話は聞かなかったことにしておいてやる。早く寝ろ」

アーヴィングは剣を鞘《さや》に収め、再び定位置に戻――

「……まだ何か用か」

――ろうとしたところを、服の裾を掴んで止める。

「アーヴィングさんって、私のこと嫌いですよね」

「……俺は聖女否定派だ」

ぼんやりと思っていたことをはっきりと口に出され、ルイーゼの心がざわつく。

しかし、だとすれば彼の行動は矛盾している。

「私を追放する絶好のチャンスだったはず。どうしてそれを棒に振るんですか？」

聖女の存在を否定するなら、ルイーゼが教主と会いたいと言った瞬間に追放できたはずだ。

ひょっとしたら、彼は――

「……俺が実はいい人、などとくだらん勘違いをしてくれるなよ」

ルイーゼの小さな手を振り払い、アーヴィングは背を向けた。

「俺は、俺の仕事をするだけだ。さっさと寝ろ」

「……はい」

三日目

朝が来た。前日に何があろうと、何時に寝ようとこの時間になると必ず目が開く。

眠気はない。すぐさまベッドから起き上がり、軽く伸びをしながら身体をほぐす。

(――祈らないと)

ルイーゼの頭の中は、起きた瞬間からそれのみを考えている。

目覚めと共に祈り、祈った後に眠る。そんな生活を、彼女はこの七年間ずっと続けてきた。それはこれからも終わることはない。死の直前まで、聖女は祈り続ける。

服のボタンに手を掛け、二つほど外《はず》したところで、コツンと額を押される。

「おい」

顔を上げると、微妙に視線を逸らしたアーヴィングがいた。

「あ……おはようございます」

「あ、じゃない。脱ぐな」

「……へ？　ひあぁ⁉」

慌てて胸元を隠す。

(わ……私、アーヴィングさんがいるのに脱ごうとしてた⁉)

アーヴィングは顔を逸らしていたものの、角度的には見えていてもおかしくはない。

あのまま声をかけられていなかったらと思うと――羞恥で頬が熱くなり、耳が痛くなる。

彼はルイーゼの額を小突いたのち、昨日と同じ位置、同じ姿勢で壁にもたれかかった。

「もしかしてずっと、その状態でいたんですか？」

「ああ」

「わ、私の寝顔……見ました？」

ルイーゼは聖女だが、中身は極めて一般的な少女——そう呼べる年齢ではないが、どうしても少女としか呼べない——でもある。感性も至って普通だ。

昨日は雰囲気に押されてベッドに潜り込んだが、初対面の男の前で寝るなどあり得ないことだ。

そんな彼女の心配を、アーヴィングは鼻で笑った。

「見るわけないだろうが」

「……うっ」

『これっぽっちも興味ありません』とでも言わんばかりの刺々しい言葉遣い。

『じっくり堪能させてもらったぜ、へへへ』と言われるよりはましだが、これはこれで腹が立つ。

（やっぱりこの人、苦手！）

ルイーゼはすぐさま部屋の角に移動し、いじけた。

無心でいじけと瞑想《めいそう》を交互に行っていると、あっという間に食事の時間がやってきた。

「失礼するよ」

「ミランダさん。おはようございます」

「ああ。おはようルイーゼ」

ミランダは一度も言わなかったルイーゼの名前を呼び、頭に優しく手を置いた。

「昨日はいろいろとすまなかったね。アンタのことを誤解していたよ」

「え？」

困惑するルイーゼに対し、詳しい説明はないまま、ミランダはバスケットを机に置いた。中身はまだ布に包まれた状態で、開こうとしない。

「さて。今日から食事前に少しだけ運動しようか」

「運動……ですか？」

「ああ。食事がよりおいしくなるよう、軽く身体を動かすのさ」

ミランダは腕を組んで、不敵に笑った。


「――はい、今日はこのくらいにしとこうか」

「……」

ルイーゼは返事もできず、床の上にだらりと這いつくばった。

（何が『軽い運動』よ……）

ミランダの主観ではそうなのかもしれない。しかし、日頃は身体を動かさない生活を送るルイーゼにとっては、呼吸すら億劫《おっくう》になるほどの運動だった。

文句の一つでも言いたいところだが、そんな元気すらも消失していた。床に敷かれた絨毯《じゅうたん》が、まるでベッドのシーツであるかのようにルイーゼの意識を沈めていく。

「こら、寝るんじゃないよ」

ルイーゼの身体がひょいと持ち上がり、椅子に座らされる。

ミランダが開いたバスケットの中身は、サンドウィッチだった。一つ一つにいろいろな具材が盛

り込まれていて、断面からそれらが顔を覗かせている。

運動中は腹の中が気持ち悪くて食事を遠慮しようかと思っていたが、色鮮やかなサンドウィッチを見た途端、強い空腹を感じた。

食前の祈りすらもどかしく思えるほどだ。

「いただきます」

両手を合わせた後、すぐさまルイーゼはハムとレタスのサンドウィッチを口に頬張った。

「おいしいっ」

レタスの新鮮なシャキシャキ感。ハムがもたらす適度な塩気。それらを包む柔らかいパン。それらが互いを損なうことなく味を主張し、口の中が幸福で満たされていく。

ルイーゼの感想に満足そうな笑みを浮かべたミランダは、もう一つのバスケットを机に置いた。

この期間中は彼女もルイーゼに合わせて食事をする、とのことだ。

さらにミランダはバスケットの中身をより分け、アーヴィングの前に置いた。

「なんだ？　これは」

「アンタの分だ。昨日からロクなもん食べてないだろう？」

「……フン。言っておくが、こんな物で絆《ほだ》そうとしても」

「ンなこと考えちゃいないよ。一人二人増えたって作る手間は変わりゃしないんだ」

ミランダは席に戻り、食前の祈りも飛ばして自分のサンドウィッチに手を伸ばした。ルイーゼが何口も分けて食べていたそれを、ほんの二口ほどで平らげてしまう。

「いらないんならそのまま置いときな。小腹が空いた時に食べちまうから」

「……」

アーヴィングはしばらく迷っていたが、やがて目を閉じ、小さく何かを呟いた。あれが彼なりの食事前のお祈りらしい。

もそもそと小さなバスケットからサンドウィッチを取り出し、口へ運ぶ。

その所作は洗練されていて、かつ堂々としている。格好を変えれば名のある貴族と言っても十分に通じるだろう。

「……うまいな」

「ホントにそう思ってんのかい」

ピクリとも顔を動かさないアーヴィングに、ミランダは鼻を鳴らした。

「あはは……ところでミランダさん」

「なんだい？」

「あの運動なんですけど、毎朝やるんですか？」

「そんなワケないじゃないか」

ぶんぶんと手を横に動かすミランダに、ルイーゼは胸を撫で下ろした。

たった一回で全身が軋《きし》んでいるのに、あれを毎朝やれと言われたら倒れてしまう。

さすがにそこまではしないか――と安心したのも束の間。

「毎朝じゃなく、毎食前にやるんだよ」

「……へ？　つ、つまり」

「次の食事の前にも、同じメニューで運動してもらう。大丈夫、すぐに慣れるさ」

曇りなき笑顔で親指を立てるミランダに目眩を感じ――ルイーゼは机に突っ伏した。

封印、第二段階――解除。

▼

日が替わろうと月が替わろうと、冒険者がやることに変わりはない。

今日も今日とて、日銭を稼ぐためギルドへ向かうエリックとピア。

最近は全くいい依頼を取れていない状態が続いていた。そろそろ稼げる依頼に当たらなければ懐《ふところ》具合が厳しくなる――そんな思いが通じたのだろうか。

激しい競争の中でエリックが手にしたのは、夢にまで見たスライムの討伐だった。

「やった……やったぞぉ！」

「もうエリック、叫びすぎ」

手放しで喜ぶエリックとは対照的に、ピアは少しだけ不安そうな顔を覗かせた。

「でも大丈夫かな？　昨日、スライム討伐に行った人が酷い目に遭ってたじゃない」

「たまたまじゃないか？」

楽観視するエリックとは裏腹に、ピアは眉根を寄せる。

「念のために道具を揃えて行かない？」

「スライムごときで何ビビッてんだよ」

最弱の魔物がいくら束になったところで負けるはずがない。

「大丈夫！　何があっても俺が守ってやるよ」

「とか言って、初めてオークを狩った時は真っ先に逃げたじゃない」

「……人は成長するもんだ」

明後日の方向に目を向けて批難の視線を回避しながら、エリックはすたすたと先に進んだ。


王都から出ると、ピアは決まって教会の方へ一礼する。

聖女へ、無事に依頼が終わるようにと願いを込めているそうだ。

「インチキ聖女なんかに祈ったって同じだぞ」

「インチキなんかじゃないわ。聖女様の力は本物なんだから！」

ピアはかつて、その力を目の当《ま》たりにしたことがあるという。

遡《さかのぼ》ること十か月前、まだ二人が王国に来て間もない頃だ。

たまたま彼女が教会の近くを通りかかると、ちょうど居住区に戻ろうとする聖女を見かけた。

彼女は翼を怪我して地面でもがいていた鳥を、歌を口ずさむだけで治したという。

もともと信仰心の厚いピアはそれ以来、聖女を神聖視するようになった。

「そういえば知ってる？　聖女様、一昨日王宮に呼び出されてからお姿が見えないらしいのよ」

「なんでそんなこと知ってんだよ」

「情報屋さんに聞いたの」

エリックたちには、普段よくしてもらっている情報屋――通称、おっさん――がいる。

安い酒を奢《おご》るだけで下級の情報を、そして機嫌がいい時は上級の情報も教えてくれる。

見た目はとんでもなくうさんくさいが、彼の情報には何度も助けられてきた。

情報屋は金に意地汚く、駆け出し冒険者を相手にしないのが普通だが、なぜかその情報屋は彼らの世話をよく焼いてくれる。

――「先行投資というやつじゃ。一旗上げそうな冒険者には恩を売る。それが何年かしたら何倍にもなって返ってくるんだ。感謝され、利益も得られる。こんないい情報の使い方はないだろ？」

どこで判断したのか、情報屋の目から見ると二人は一旗上げる雰囲気を出しているらしい。

もっとも、酒に酔った状態でそんなことを言われても眉唾ものだ。

自分は選ばれた人間――なんて妄想するような年齢はとうに過ぎている。

「聖女様の身に何かあったんじゃないかしら。心配だわ」

「ふーん」

エリックにとっては全く興味のない話題だ。それを適当に流しながら、魔窟《まくつ》の横を通る。

「――ねぇ。ここ、何か様子が変じゃない？」

「んん？」

ピアに裾を引っ張られて魔窟《まくつ》を注視するが――特に変化は見られない。いつも通り、古ぼけた洞穴がぽっかりと口を開けているだけだ。

「何かって？」

「うまく言えないけど、なんかイヤな感じがするのよね」

「気のせいだって。ほら行くぞ」

以前から彼女は魔窟《まくつ》のことを『気味が悪い』と言っていた。

今回もいつものことだろうと、エリックは深く考えず、真剣に受け止めず、その横を通り過ぎた。


王都から離れること三十分。スライム狩りの現場へと到着する。

昨日は大量発生していたらしいが、今日はむしろ少ないくらいだ。

いつも通り代わり映えのしない楽な依頼――その、はずだった。

「なんだありゃ」

到着するなり、何体かのスライム同士が食い合いをしている場面に遭遇する。

スライムは同じ場所に発生するが、仲間意識も敵対意識も持っていない。

（スライムが共食い……？　そんな習性、あったっけ？）

首を傾げながらもエリックは、一番近くにいたスライムへと抜き放った剣で斬りかかった。

両手の力と自身の体重を乗せ、掛け声と共に大上段からスライムを真っ二つにする。

「おりゃあ――んんっ⁉」

斬った瞬間、いつもと違う感触に強烈な違和感を覚える。

これまでのスライムは水溜まりを斬るように抵抗がなかったが——今日のスライムは異様に弾力がある。久しぶりの狩りだからと必要以上に力を込めて斬り込んだが、そうしなければ弾かれていたかもしれない。

奇妙に感じつつも、適宜ピアの魔法で補助をもらいながら八体ほどのスライムを狩り終える。

「終わった、か」

周囲を見回して狩り残しがないかを確認してから、ふぅ、と息を吐く。

「な。なんともなかっただろ？　俺にかかればスライムなんてイチコロだ」

違和感を脇に置きながら、エリックは得意げに剣を掲げ——そこで、新たな異常を発見する。

高らかに上げた剣。その表面がささくれ立ち、ところどころ茶色く変色していく。

その部分を指でなぞると、ザリザリ……と金属が擦《こす》れるような音がして剥《は》がれ落ちた。

「……錆《さ》び、てる？」

しばらく出番がなかったとはいえ、手入れは怠《おこた》っていなかった。だというのに彼の愛剣は茶色く変色し——その面積は今も広がっている。

やがて十年以上も放置したかのようなボロボロの剣に変わり——刀身ごと、ポキリと折れた。

「エリック……鎧《よろい》の、胸のところ」

ピアの震える指先が、エリックの胸元を指した。

彼が身に着けている軽鎧《けいがい》。安物だが、心臓や関節などの大事な部分を守ってくれるそれも、剣と同じように一部が茶色くなっている。

その部分は――スライムの体液が付いた場所だ。

「う、うわぁ！」

慌てて軽鎧《けいがい》を外《はず》し、地面に投げつける。じゅう、と音を立ててあっという間に朽《く》ち果てた。

（スライムの体液で、金属が錆《さ》びる？　そんなの、聞いたことねーぞ！）


困惑のまま王都に戻り、ギルドに完了の報告を行う。

「あなたたち、無事だったのね」

「どういう意味です？」

「実は――」

受付嬢曰く、スライム討伐に出た何組かのパーティが討伐に失敗したらしい。

武器が突然錆《さ》び付き――エリックと同じ現象だ――使い物にならなくなった、とのことだ。

仕方なく踏みつけて倒そうとしたが弾力に弾かれ、泣く泣く逃げ帰ったらしい。

さらにゴブリン討伐に出たパーティはゴブリンからの反撃に遭い、怪我人が出たとのこと。

「どうなってんだ……？」

首を傾げながら午後は街中の依頼を受け、その日は終わりを迎えた。

――「そういえば知ってる？　聖女様、昨日王宮に呼び出されてからお姿が見えないらしいのよ」

帰り道、エリックの脳裏に浮かんだのは——朝にピアが言っていた言葉だった。

聖女は、祈りによって魔窟《まくつ》の力を封印している。

魔窟《まくつ》は魔物の力の源であり、封印が解けることで力を増していく。

魔物に異変が起きたのは、昨日。

大量増殖が起きたのも、昨日。

そして今日。魔物は、少しだけ『変化』を見せていた。

聖女の不在により封印が解けはじめ、魔物たちの様子が少しずつ変わっている……？

「まさかな」

浮かんできた馬鹿な考えを振り払い、エリックは宿に戻った。

▼

「アーヴィングと仲良くなる方法？」

ルイーゼは入浴の時間を利用し、壁を挟んでミランダに相談した。

髪の毛を洗ってから、濡らした石鹸《せっけん》でごしごしと身体をこする。とても泡立ちがよく、牢《ろう》とはいえ、さすが貴族が使う施設だと初日は感激したものだ。

「そんな必要あるかい？」

「二人だと気まずいんですよ」

あの刺々しい雰囲気でずっと部屋に居座られると息が詰まりそうになるのだ。

昨日のやり取りから、根っからの悪人でないことは分かった。

ルイーゼとしても彼のことは苦手だが、嫌いではない。もう少し会話すれば、あの空気を緩和できるはずだ。

「アーヴィングさんの趣味とか知りませんか？」

「知るわきゃないだろう。あんなヤツ見るのは初めてだよ」

ミランダは普段、王宮内の食堂に勤めている。兵士や騎士とはそれなりに顔見知りのようだが、アーヴィングとは会ったことがないらしい。

彼女が知らないとなると、王宮の上層――王族に近い位置で働いているか、普段は国外に出ているかのどちらかだ。

「なんにも分からないなら、とりあえず仕事のことでも聞いてみりゃいいんじゃないかい？」

「なるほど……ありがとうございます、ミランダさん」

「……ま、アンタがやりたいと思うんなら好きにするといいさ」


「――アーヴィングさんっ」

「なんだ」

ルイーゼの呼びかけに、鋭い目付きで顔を向けるアーヴィング。とても十九とは思えない風格のある顔に、思わず後ろに下がりそうになる足を必死で踏み留める。

ここで怯《ひる》んでいては、いつまで経っても気まずい空気から抜け出すことなど不可能だ。

(頑張れ、ルイーゼ!)

自分を鼓舞しながら、一歩、また一歩と距離を縮める。

「ストップ」

しかし勇気を振り絞って出した足は、アーヴィングのたった一言でピタリと止まる。彼は掌を見せるようにして、はっきりとルイーゼの接近を拒絶した。

「なんの用だと聞いている」

「その、お話ししたいなと思いまして」

「なぜだ。それに、そこまで近付く必要があるのか?」

『いつも気まずいです!』なんて正直に言うと怒るかもしれない。なのでルイーゼは言い方を変える。

「仲良くなりたいなと思いまして。だめ……でしょうか」

アーヴィングは目を細め——フイ、と視線を逸らした。

「……たった数日の付き合いだ。無理に馴れ合う必要などない」

日数だけ見れば短いが、人間は苦痛を長く感じるようにできている生き物だ。

掃除も瞑想《めいそう》も、アーヴィングが気になって集中できなくなっている。

解決法は気軽に喋れるようになるか、無言でも気まずくならない関係になるしかない。

ルイーゼの個人的な意見としては、前者の方がまだやりやすい気がする。

二人きりになった時の、なんとも言えない気まずい時間——あれが緩和できるなら、短い間だろうと喜んで親睦《しんぼく》を深めたい。

「こうして会えたのも何かの縁ですし、互いのことを少しでも知れたらいいなって」

「分かった、分かったから近付くな」

前のめりになるルイーゼを押しやり、アーヴィングは改めて一定の距離を開けることを厳命した。

……さすがにこれだけ拒否されるとショックだ。

「だったら、まずは敬語を取るところから始めたらどうだ？」

「う、それは……」

アーヴィングがここに来た時『敬語はいらない』と言われている。

仲良くなるためのステップを——彼にそんなつもりはないだろうが——、最初に提示してくれている。

「できないなら、仲良くなるなんて到底無理だな」

言いあぐねるルイーゼを追い払いながら、アーヴィングは顔を逸らした。

「敬語が取れるようになってからまた話しかけてこい」

「……はい」

ルイーゼは早々にベッドへ潜り込んだ。

（いきなりだから緊張するのよ。練習、練習さえ積めば……！）

頭まですっぽりと布団を被りながら、誰にも聞こえないくらい小さな声で『練習』する。

「アーヴィング、アーヴィング……。今日はいい天気と思わない？　とってもいいことが起こりそうね。ミランダさんの食事はおいしいね……」

会話のパターンをいくつか練習しているうちに睡魔が訪れ、そのまま眠りに落ちた。

▼

「――子、王子。ニック王子」

「……ん」

「お身体に障ります。ベッドでお休みください」

「……あぁ」

執事の再三にわたる揺さぶりにより、ニックは机に預けていた身体を起こした。全身が怠《だる》くて力が入らず、まだ夢の中にいるのかと錯覚してしまう。

教主との論戦は熾烈《しれつ》を極めた。

あの男はとにかく弁が立つ。ニックが何を言おうと「なるほど、ですが――」と反論してくる上、こちらの痛いところを的確に突いてくる。商人になれば大成功間違いなしと言えるほどの口達者ぶりで、職業を間違えているとしか思えない。

そして、彼は王族の威光に全く怯《ひる》まない。まるで自分は王族と対等であると言わんばかりの態度だ。

ニックはそれが気に入らなかった。

そのせいで会話のペースを終始乱され、話は平行線のままに終わった。

「また明日も、あいつと額を突き合わせなければならないのか……」

改めて口に出すと、疲労がニックの肩に重くのしかかった。

連日の貴族たちへの根回し、聖女の不正に関する情報収集、兄たちの動向、こちらの動きを悟られないための偽装……等々。

『あいつ』からの助言をヒントに、一度は挫折《ざせつ》した王になる夢を目指して走ってきた。

日を追うごとに金は飛び、やるべき事は増え、胃を痛めた。

それもすべて、王になるため。王になることができれば、すべてが報われる。

でも——もし、なれなかったら？

「うっ……」

胃酸が喉を焼く感触を呑み下しながら、知らずに震え始めた手を押さえる。

「ニック王子。大丈夫ですか」

手渡されたグラスを奪うように取って、水を飲み干し、ニックは目を閉じた。

（——落ち着け。これは僕が王になるための最終試練だ）

聖女の無能を暴き、教会の不正を正し、その功績を足がかりに国民からの支持を集める。

そして貴族たちと連携して兄たちを蹴落とす。

あと数手で王手をかけられる状態だ。落ち着いて手順を踏めば望んでいた地位が手に入る。

そのためなら、教主との押し問答くらいどうということはない。

「――問題ない。ベッドでしっかり休息を取るよ」

頬を叩いて弱気になりかけた自分を追い払い、ニックは立ち上がった。

「王子。お休みの前に少し、お耳に入れておきたいことが」

「な、なんだ?」

せっかく固めた決心を揺るがせるような執事に、ニックは不快感を露わにした。

「実は――」


「魔物の様子がおかしい?」

「ええ。昨日はとんでもない数に増殖し、今日は数こそ減りましたが変化が起きています」

「例えば?」

「スライムを例に挙げると、体の弾力性が増して攻撃を弾くようになり、体液が金属や衣類を溶かすようになった、と」

――スライム。魔物の中で最弱の存在だ。ニックは自分の目で見たことはないが、『弱い』ということだけは知っていた。

「他にはゴブリンが冒険者から奪った道具を使い始めたり、臆病《おくびょう》なはずのオークが凶暴化したり。死者こそ出ていませんが、怪我人が続出しています」

「聖女に動きは?」

「ありません」

「だったら、聖女に近しい人物が何かを仕掛けているのかもしれん」

「それが……」

調べた結果、聖女と親しくしている人物はいない、とのことだ。

彼女は元男爵家の令嬢だが、聖女に選ばれたと同時に家族との関係を絶っている。もちろん友人と呼べる人物もいない。唯一、近しい人物に該当するとすれば――教主だけだという。

「そうか、教主か！　あいつがなんらかの行動を起こしているに違いない」

「落ち着いてください王子。教主様が犯人ならば、こうして抗議に来る理由がありません」

「あ……」

執事の言う通りだ。

疲労で頭が回っていないことを恥じつつ、それでもなんとか思考を回転させる。

家族でも、兄弟でも、友人でもない。

そもそも、ルイーゼを王宮に呼び出したことも彼女からすれば突然の出来事のはずだ。誰かと連絡なんて取れるはずがない。

「くそ……一体、誰の仕業なんだ！」

「王子。こうは考えられませんか？　聖女の祈りは本物である――と」

頭を抱えるニックに、執事は一つの考えを提示した。それは考え得る中で最悪の答えだ。

「……なん、だと？」

「数十年変化のなかった魔物たちが、祈りを止めた途端に変化を見せました。私にはそうとしか考えられません」

「……」

「今ならまだ間に合います。聖女に再び祈ってもらうよう謝罪を――」

大きく振り抜いたニックの手の甲が、執事の頬を打った。彼の言葉は遮られ、部屋に響くほどの大きな音が鳴った。

「そんなわけ――そんなわけないだろう！　見ろ！」

ニックは本棚にあるいくつもの書類や本を、執事に向かって投げつける。

「聖女に関する国内の文献、魔物の出現比率や分布、他にも、他にも……！　全部がことごとく、聖女に封印の力などないと言っている！　あいつは単なる置物だ！」

「王子。どうか冷静に。以前にも進言したように、その資料にはいくつか出所が不明なものが――」

「黙れぇ！　それ以上は僕への侮辱《ぶじょく》と見なすぞ！」

ニックは執事の胸ぐらを掴み、壁際まで押しやった。

「ここまでやっておいて、今さら『聖女の力は本物でした』などと言えるはずがないだろう！」

まだ大々的に公言していないが、人の口に戸は立てられない。

遅かれ早かれ、ニックが聖女を追放しようとしたことは広がっていくだろう。

そうなれば彼は『思い込みで聖女を軟禁し、国民を危険に晒《さら》した愚者』の烙印《らくいん》を押される。

実際に被害が出ているところを加味すれば、投獄や国外追放――死罪だってあり得る。

聖女の力は偽物である。

ニックが王になるための計画は、それを元に組み上げられている。

一週間、何事もなく過ぎ去ること。それは絶対条件だ。

そうでなければ――ニックがこれまで積み上げてきたモノはすべて水泡に帰す。

「要は魔物さえ居なければいいんだろう!?」

「王子……」

偶然魔物たちの行動が変化しただけで、計画が崩されることがあってはならない。

「騎士団を派遣しろ！　魔物を一掃するんだ！」

四日目

太陽が決まった時間に地平線から顔を出すように、ルイーゼも決まった時間に目を覚ます。

(――祈らないと)

いつも通りの変わらない日常――の、はずだったが、今日は異変が起きていた。

身体の動きが妙に鈍い。少し動いただけで、とんでもない激痛が身体中を駆け巡った。

「あが、あがががが」

そんなことは関係あるかと、ルイーゼはベッドから這い出した。

（私は……祈らなくちゃいけないの！）

腕・足・腹・背中――全身に渡る痛みに耐えながら、必死で身体を動かす。

聖女の記憶を継承した時。初めて聖女の力を使った時。

そのどれとも違う、経験したことのない痛みにルイーゼは喘《あえ》いだ。

「あ、う、あ――」

それでもなんとか手を伸ばし、清拭用の布を掴み取る。服を脱ぎ、身体を清め――

「何をしている」

――床を這い回るルイーゼに、冷たい声が降ってきた。アーヴィングだ。

「な、何って……祈りを」

「しなくていいと言ってるだろうが。あと――」

大きなため息と共にしゃがみ込み、ルイーゼがやっとの思いで掴んだ清拭用の布を取り上げた。

それをよく見えるよう、彼女の顔前に持ってくる。

「これ、雑巾《ぞうきん》だぞ」

「……」

間抜けとも言えるやり取りを経て、四日目が始まった。


激痛の正体は筋肉痛だった。

昨日の運動がとんでもなく効いていて、身体を動かすことがとても億劫《おっくう》だ。

定位置（部屋の角）に移動するだけでも、耐えがたい痛みに苛《さいな》まれる。

そんな体《てい》たらくのルイーゼを見て、アーヴィングは鼻を鳴らした。

「あの程度で筋肉痛とは。普段から運動していない証拠だ」

「……うぅ」

ぐうの根も出ないほどの正論に、ルイーゼは唸った。

彼女の生活の中に『運動』などという項目は存在していない。筋肉痛が起きるのは必然だった。

「これ、どのくらい経てば痛くなくなりますか？」

「一日か二日で大抵は収まる。ストレッチでもしておけ」

「分かりまし――あ」

唐突に、ルイーゼは昨日の夜のことを思い出した。今日からアーヴィングに対して敬語を抜く心積もりをしていたはずなのに、筋肉痛のせいですっかり飛んでしまっている。

「なんだ？」

「い、いえ。ストレッチってこうですか？」

「ああ。今は筋肉が傷付いているから無理に伸ばすと余計に痛める。伸ばしすぎるなよ」

「はい」

筋肉痛のせいで予定が狂ったが、筋肉痛のおかげで普通の会話ができている。感謝すべきか恨み節を言うべきかを迷うところだ。

ここで昨日の『練習』の成果を出せば、一気に仲良くなれるかもしれない。

アーヴィングと気兼ねなく話せるようになれば、ここでの生活は快適に変わるはずだ。

「き——今日はいい天気デスね。とってもいいことが起こりそう」

言えなかった。口元を出る際になぜか片言の敬語が混ざってしまう。

それだけではない。アーヴィングは窓の外を見て、不思議そうに首を傾げた。

「今日は雨だぞ」

「え？」

ギギギ……と、壊れた人形のように窓の外に目を向ける。首の動きが悪いのは、決して筋肉痛のせいではない。

窓の向こうにはどんよりした雲が空を覆い尽くす光景が広がっていた。

そこから水滴がこぼれ落ち、窓ガラスを叩いている。『いい天気』の要素は欠片もなかった。

（ま、まだよ）

練習した会話は他にもある。

「ミランダさんの料理、おいしいデスね」

「今言う必要があるのか？」

「……」

——こうして、寝る前にさんざん練習した楽しい（はず）の会話は大失敗に終わった。

▼

その日の冒険者ギルドは騒然としていた。

なんの予告もなく騎士が扉を開いて入ってきたかと思えば、まさに今から依頼書を貼り出そうとしていた受付嬢の前にいきなり迫り、手を差し出した。

「魔物退治の依頼をすべて寄越せ」

「……え？」

「聞こえなかったのか？　魔物退治の依頼をすべて寄越せと言ったんだ」

騎士は全身を覆う鎧《よろい》を着用し、物々しい雰囲気だ。

離れた場所であっても一目見ただけで高級な代物であることが窺《うかが》える。

「ちょ、ちょっと待ってくれよ騎士様！」

「魔物退治の依頼をそんなに取っちまったら、俺たちが受ける分がなくなるじゃねえか！」

魔物退治に力を入れている冒険者が、騎士に食ってかかる。数少ない依頼を全部持っていくと言うのだから、それを生活の糧《かて》にしている彼らが抗議するのは当然だ。

それに対する騎士の返事は――とんでもない早さで抜剣して、冒険者の喉元に切っ先を突きつけることだった。

「ふん。能無しほどよく吠える」

騎士は食ってかかった冒険者だけでなく、その場にいる全員に聞こえるよう、力強い声で告げた。

「貴様らが魔物《ザコ》の殲滅《せんめつ》に手間取っていることは聞き及んでいる。そのせいで『とあるお方』は酷く心を痛められ、温情で我々を遣わされたのだ。文句を言う前に、少しは感謝したらどうだ？」

「だ、誰も頼んでなんか……ぐぇ⁉」

騎士は翻《ひるがえ》した剣の柄で冒険者の鳩尾《みぞおち》を強打し、強制的に黙らせる。

「結果も示せぬ無能の言葉に耳を傾ける価値などない――おい、早く用意しろ」

「は、はいぃ⁉」

受付嬢は可哀想なほど震えながら、騎士に依頼の束を渡した。

スライム、ゴブリン、オーク、ギガンテス、ワーウルフ。その他、全部の依頼を奪い取り、それらを丸めて懐《ふところ》に仕舞い込む。

「貴様らのような弱者を守るのが我らの使命。魔物退治は任せ、街中の掃除でもしていろ」

周囲を威嚇《いかく》するように睥睨《へいげい》し、騎士は足早に去って行った。


「なんなんだよアイツ！」

エリックは肩を怒らせながら、騎士の顔を思い出していた。

「いくらなんでも、あれは乱暴すぎよね」

彼らの大半は実家の跡を継げなかった貴族の次男や三男だ。それ故に選民思想が強く、多くは冒険者を見下している。

「ったく、だからお偉いさんは嫌いなんだ」

「ちょっと。怒るのはいいけど、ちゃんと根元から優しく抜いてよね」

現在、エリックとピアは街の外に出て薬草採取の依頼に勤しんでいた。

ピアにたしなめられ、エリックは無意識で乱暴にちぎり取ろうとしていた薬草を努めてゆっくりと引き抜く。

昨日は魔物のせいで怪我人が多かった。そのため、いつもより薬草の納品数が多く報酬《ほうしゅう》が高い。

探すのが面倒な上に抜き方を間違えると値段が落ちるので、あまりエリックはこういう依頼は得意ではないが……魔物退治がないのでは仕方ない。

「それよりもエリック。やっぱり何か変だと思わない？」

「何がだよ」

「騎士様が魔物退治に出てくるなんて、そんなこと今まであった？」

「……確かに、妙だな」

騎士の本分は身分の高い者の護衛だ。冒険者ギルドに来ること自体が珍しい。

「『とあるお方』ってヤツは、なんで冒険者《おれたち》のことを知ってるんだろうな」

怪我人が増えたのは昨日の話だ。

昨日の今日で対策を打ち立てるなど、冒険者の動向に注目していない限りできる芸当ではない。

ましてやそれが騎士の派遣となると、できる人物は極端に限られてくる。

「ま、金がもらえる訳じゃねーし、いっか」

「もう……またすぐそうやって考えを投げちゃうんだから」

ピアは足元の薬草を丁寧に拾い上げながら、唇を尖らせる。

「ねえエリック。そろそろ戻らない？」

「何言ってんだよ。どうせなら限界まで拾おうぜ」

薬草の最低納品数は三十本。既にその本数は確保できているが、報酬《ほうしゅう》が増えている今は上限である五十本まで集めたい。

今日のように騎士が現場を荒らすことも考えられるので、少しくらいは懐《ふところ》に余裕を持たせておいたほうがいいだろう。

「道具もしばらく買い揃えてないし、あんまり街から離れると危ないよ」

ピアは昨日からずっと道具の買い足しを訴えているが、エリックはそれを却下していた。

剣は必需品なのですぐに買い換えたが、傷薬などは立ち回り次第で不要にできる。金欠冒険者の節約術だ。

「大丈夫だって。何があっても俺が守ってやるから」

「……もう、しょうがないんだから」

ピアは、はぁ……と息を吐きつつもエリックに従った。

——朝方から降っていた雨は、いつの間にかあがっていた。

封印、第三段階——解除。

▼

「魔物なんぞ冒険者に任せておけばいいものを。ニック王子も戯《たわむ》れが過ぎる」

「『魔物を早急に殲滅《せんめつ》しろ』とは。我々を小間使いか何かと勘違いしていないか？」

森を歩く騎士たちの間では、不満が渦巻いていた。

国の中枢である王族や貴族たちの守護こそが騎士の本分だ。

害獣の駆逐《くちく》に鍛《きた》えた技を使うのは、たとえ命令であっても彼らにとっては不快でしかない。

上層部に対する愚痴《ぐち》、冒険者に対する愚痴《ぐち》。ありとあらゆる不満があふれる中、それを払拭《ふっしょく》するように一人の騎士が全員の肩を叩いて回る。

「そう腐るな。来週開催されるパーティ用に武勇伝でもこしらえると思えばいいじゃないか」

彼の名はライアン。四人で構成される部隊の隊長だ。とはいえ階級的に上という訳ではない。隊長というより、持ち回りのリーダーと言ったほうが正しいだろうか。

「……む」

その言葉に、ライアンの同僚たちは続けて出そうになっていた文句を引っ込める。

蝶よ花よと育てられた箱入り娘たちは外の世界に興味津々で、冒険譚が大層好みだ。

美女とお近付きになるための肴《さかな》と考えれば、不満もかなり軽減される。

「ま、実情を知っていたら武勇伝なんてものではないがな」

この付近に生息する魔物の弱さは折り紙付きだ。

今回派兵された騎士の数は四十。四人一組で各方面に散開している。数としては少ないが、それでも魔物を一掃するには過剰と言える。

「行ったという事実さえあれば話の内容は適当に盛ればいい。ほれ、女だって胸元の武器を盛ってるだろ」

「違いない」

下世話な話に花を咲かせていると、前を歩く仲間が敵を発見した。

「おしゃべりはここまでだ。前方に魔物の群れを発見」

「お出ましか」

数メートル先で、緑色の体躯に鉤鼻《かぎばな》、膨れた腹に細い手足を持つゴブリンがたむろしていた。

情報によると、普段と様子が違うと聞いていたが。見たところ、おかしな点は——

「奴ら、どうして布なんて巻いてるんだ？」

——あった。

ゴブリンは皆、腰に布を巻いていた。原始的ではあるが衣服のつもりだろうか。

騎士たちは全員、見習いの頃に一通り魔物討伐を経験している。あの時のゴブリンは服なんて着ていなかった。

『魔物に変化が起きている。油断せず速やかに殲滅《せんめつ》せよ』

任務の説明を受けた時の上司からの言葉を、ライアンは思い出していた。

「ふん。下等生物が人間様の真似事か？」

仲間の騎士が忌々《いまいま》しげにゴブリンたちを睨む。

「バラバラにしてやる。死ねェ！」

ゴブリンたちがこちらに気付き、ギャアギャアと耳障りな鳴き声をあげる。

騎士が荒々しく地面を踏みつけ、大上段から一匹目のゴブリンを斬り伏せた。

『キィキィ』と甲高い声をあげながら、あっさりとゴブリンは事切れた。騎士はそのまま二匹目へと斬りかかる。

しかし二匹目は、一太刀目を危なげなく避けてみせた。そのまま後ろに飛び退く。

「逃がすかぁ！」

しかし、返す刀で踏み込んだ追撃は避けることができず、真っ二つになった。

またもや不気味な金切り声をあげ、白目を剥いて動かなくなる。

「どんどん行くぞォ！」

騎士は続けざまに三匹目、四匹目とゴブリンの死体を増やしていく。ライアンたちも負けじと木陰に隠れていたゴブリンたちを順調に殲滅《せんめつ》していく。

ゴブリンの断末魔の叫びが、森の中を何度もこだました。


「ふん、すばしっこい奴が交ざっているな」

順調に進むはずの殲滅《せんめつ》は、思った以上に難航していた。

ゴブリンたちが攻撃を避けるようになっている。それも、明らかに太刀筋を見切ったような動きで。

倒されたゴブリンは、最期の瞬間までギャアギャアと鳴き喚いていた。

──それは、本当に断末魔の叫びなのだろうか。

ライアンには、それが仲間に何かを伝えているように思えた。

ゴブリンは群れを作るが、意思の疎通はしていない。そのはずなのに。

──『アイツがこの動きを見せたら、こう避けろ』

──『こう動いた後は、この攻撃が来る』

そんな風に意味のある会話を交わしているのではないか、なんて馬鹿な妄想を抱いてしまう。

しかし現実として死体が増える度に、明らかにゴブリンたちの動きがよくなっていく。

これを偶然と片付けるほうが不自然といえるほどに。

「くそっ、ちょこまかと！」

残るは一匹のみ。その一匹が、あと一歩のところで倒せないまま時間が過ぎていた。

たかがゴブリンに何度も必殺の一撃を躱《かわ》され、仲間の騎士は苛立《いらだ》っていた。

ゴブリンがキィキィ声で鳴き、大きく後ろに跳躍する。

「好機！」

その隙を狙い、騎士はゴブリンが逃げた分だけ前進して距離を詰めた。

空中で体勢を変えることはできない。故に、間合いに入れば不可避の攻撃となる。

――彼の姿が、突然消えたりしなければ。

「……え？」

消えたのではなく、落とし穴に嵌まったと気付くまでライアンは数秒の時間を要した。

ゴブリンが大きく跳躍した理由は攻撃を避けるためでも、距離を取るためでもなく……落とし穴に、入らないため。

(ゴブリンが人間を誘導し、落とし穴に嵌めただと……？)

にわかには信じられない事態に、彼を含めた全員が動きを止めた。

気色ばんだ声で、ゴブリンが叫ぶ。

それを合図とばかりに、どこかに潜んでいたゴブリンたちが四匹現れ――落とし穴に殺到《さっとう》する。

狭い穴の中では、自慢の剣を振ることはおろか、満足に動くことも叶わない。

一方的な虐殺を『される』はずだったゴブリンが……『する』側に回った。

「うぎゃあああああ!?　やめ、やめっ！　誰か――助けてくれぇ！」

喉が張り裂けんばかりに叫ぶ同僚に、ライアンたちは誰も手を差し伸べられなかった。

これまで厳しい訓練を積んできた。

どんな敵とでも渡り合える強靭《きょうじん》な肉体。

どんな状況にも耐えられる不屈の精神。

それらを驕《おご》らずに今日まで保ってきたという自負がある。

しかし――それは所詮、張りぼてだった。

意思疎通をはかり、連携を取ることを覚えたゴブリン。

そんな異形の存在と渡り合う術《すべ》を、彼らは何一つ学んでいなかったことに気がついた。

「だ……ず……げ……」

騎士の声が消えたと同時に穴の中からゴブリンが戻ってくる。

うち一匹が、彼が付けていた兜《かぶと》を勲章《くんしょう》のように掲げているのが見えた。

歯を見せながらキィキィ叫ぶその姿は——強敵を打ち倒し、勝利の雄叫びをあげる人間の姿によく似ていた。

▼

「エリック、まだ行くの？」

「当たり前だろ。あと三本で揃うんだぞ」

見えやすい位置にある薬草は既に探し尽くしていた。他にあるならば普段通らない道を開拓して偶然に任せる他ない。

エリックはピアが歩きやすいよう、水滴の残る草を踏みしめながら道なき道を進む。

草は対策できても、虫までは対策できない。自分の足をぺちぺち叩きながら、ピアがうんざりした声をあげる。

「も～、虫がいっぱい……」

「そんなの無視しとけって」

「エリック！」

「ぷぺ⁉」

いきなりピアに突き飛ばされ、エリックは草が生い茂る中に頭から突っ込んだ。

「見てコレ、薬草だよ！　三本以上あるわ！」

彼女の口から文句が飛び出すよりも先に、ピアが指を差して飛び跳ねる。

彼女が示した先には、探し求めていた薬草が生えていた。

ちょうどエリックが草を踏み折ろうとしていたところで、あのまま足を下ろしていたら買い取り不可な状態になっていただろう。

「よく見つけた！　さすが俺の相棒」

ちょっと痛かったけどな――とは言わないでおく。

「よし！　五十本揃ったし、とっとと帰ろう――」

その時。依頼達成の余韻に浸る間もなく、この世の地獄を見たかのような悲鳴が森の中にこだました。二人で顔を見合わせる。

「ねえエリック。今のって……」

「悲鳴だよな」

聞き間違いであって欲しかったが、間違いない。

耳を澄ますと、キィキィと喚くゴブリンの声と共に助けを求める人の声が聞こえてきた。

誰かがゴブリンと戦い、苦戦している。

数日前なら、そんなわけあるかと一笑に付しただろう。

しかし、一昨日から続く魔物たちの奇妙な変化を見てきたエリックは、すぐにその可能性に行き当たる。

「助けに行くぞ！」

「うん！」

二人は力強く頷き合い、声を頼りに森を駆け抜ける。

ほどなくしてゴブリンに囲まれた三人の騎士が見えた。

「来るなぁ！　僕はローナ家の生まれだぞ！　僕に危害を加えたら、父上が黙ってないぞ！」

「ゴブリンがこんなことをするなんて聞いてないぞ！」

「落ち着け！　陣形を崩すな！」

騎士たちは三者三様、完全に混乱していたり、何かに対して怒っていたり、冷静さを取り戻すよう叱咤《しった》したりしていた。

普段の居丈高《いたけだか》な態度からは想像できないほどに情けない姿は、哀愁すら漂っている。

（なんだよコイツら。俺らから依頼を奪っておいて……いや、今はいい）

エリックは助けるために不要な情報はすべて遮断し、目の前の敵に全神経を集中させる。

ゴブリンの数は五匹。うち四匹は、身体に血が付いていた。奴らのものではない――ゴブリンの血は青黒い――赤い、人間の血だ。

「ピア！」

「うん！」

ピアが呪文を詠唱し、手をかざすと――補助魔法がエリックの身体を包み込んだ。

魔法の効果を受けると同時にゴブリンの一団へと突っ込む。

抜き放った剣で先頭にいた二匹の首を纏めて斬り飛ば――せない！

「硬ぇ！」

一匹目はなんとか倒せたが、二匹目は首の皮を斬った程度で勢いが止まってしまった。

ゴブリンを斬った感触がこれまでと全く違う。

昨日のスライムと同様、いつもより遥かに硬くなっている。

たった一匹を斬っただけなのに剣が刃こぼれし、使い物にならなくなってしまった。

隙ありとばかりに、ゴブリンが飛びかかって噛みついてくる。

「くっそ！」

上体を反らして蹴り飛ばすことで距離を空けさせ、その間に周囲を見渡す。

(何か、使えるモノはないか――？)

すると、すぐ傍で腰を抜かしている騎士と目が合った。

「おい、それ貸せ」

「あ！　僕の剣!?」

エリックが使うにはやや刀身が長いが、この際文句は言っていられない。

ちょうど飛びかかってきたゴブリンで試し切りをすると、硬い体でも容易く斬ることができた。

「……さっすが騎士様の剣だ。こりゃ扱い要注意だな」

残りは三匹。体が硬いなど妙な点はあるものの、それ以外はいつものゴブリンだ。

「エリック、油断しないで！」

「ああ」

――特攻をかけようとしたところで、ピアの呼びかけに思いとどまる。

ここ数日、魔物の様子がおかしいことは百も承知だ。

『いつもと同じ』などという油断はしないほうがいい。

ピアの補助魔法をさらに受けつつ、エリックは残る三匹を相手取る。

一気に距離を詰めず、慎重に様子を窺《うかが》う。

ゴブリンたちはキィキィ声をあげながら、一定の距離を開けてバラバラな動きでエリックを翻弄《ほんろう》する。妙な違和感を覚えながら、それらを冷静にいなしていった。

「気をつけろ！　そいつらは意思疎通ができる！」

仲間を叱咤《しった》していた騎士が、エリックに忠告を投げた。

（意思疎通……？　あぁ、そうか）

違和感の正体を掴み、エリックは得心した。

三匹で戦っているように見えるゴブリンたちだが、よく見ると血の付いていないゴブリンは常にエリックと一定の距離を保っている。そして、キィキィ声はそのゴブリンしか発していない。残る二匹はそのゴブリンが声を出した時だけ動いて――つまり、『指示』を受けて――いる。

一見するとバラバラに仕掛けてくるゴブリンだが、そういう視点を持つと見え方が全く違ってくる。奴らは統率されたパーティの如き動きを以《もっ》て、エリックをどこかに誘おうとしていた。

(――そうはいくか)

エリックは身体の向きを変え、一直線に血の付いていないゴブリン――リーダーと勝手に呼ばせてもらう――に肉薄した。

突然の方向転換に、リーダーが顔色を変えてキィと叫ぶ。

「ぐぁ⁉」

横から別のゴブリンに体当たりされ、剣の軌道が逸れた。リーダーの額を切り裂きはしたものの、致命傷には程遠い。

「どけぇ!」

体当たりしてきたゴブリンを地面に叩きつけ、体重を乗せた足で首の骨を折る。間を置かず、その足で再びリーダーを追った。

自分が狙われていると気付いたのか、リーダーは明らかに焦っていた。

数日前と比べると確かに強くなっていることは認めるが、それでもまだ人間には遠く及ばない。

「もらった!」

勝利を確信し、エリックは雄叫びをあげた。だが――

「っ⁉」

残っていたゴブリンが両手を大きく広げ、庇《かば》うように両者の間に割って入った。

エリックの剣がゴブリンの腹を切り裂くが、リーダーには届かなかった。

「しまった！」

仲間が作り出した隙をついて、リーダーはエリックの手が届かない位置にまで逃げ果せていた。

木の上でこちらを睥睨《へいげい》しつつ、額から流れる血を手で拭い、そして。

「……？」

リーダーはエリックに向けて、両手を叩いてきた。

挑発——ではない。

純然たる、賛美の拍手。

言葉は通じない。しかしエリックにはその意味が分かった。

「けっ。偉そうにしやがって。次は絶対に斬るからな」

拍手に対し、親指を下に向けて応じるエリック。

リーダーはキキキッと薄気味悪い声をあげながら森の奥へと消えた。

「——ふぅ」

魔物の気配が完全になくなったことを確認してから、エリックは戦闘態勢を解いた。

ピアが騎士の傍に駆け寄る。

「みなさん、大丈夫ですか？」

「すまない……助かった。俺は騎士のライアン。君たちは——」

助言をくれた騎士の名前は、ライアンというらしい。彼の言葉がなかったら、ゴブリンたちの動きに気付けず、いいように嬲《なぶ》られていたかもしれない。

剣もそうだ。持っていたナマクラのままだったら勝てたかどうかはかなり怪しい。

エリックたちは騎士を助けたが、同時に助けられもした。ある意味、協力してゴブリンを追い払っただけなのかもしれない――そう考えると、騎士に抱いていた不満も少しはましになる。

だからエリックもピアに倣《なら》い、近くで腰を抜かしていた騎士に手を差し伸べた。

「大丈夫か？」

しかし――その騎士はエリックの手を盛大に叩き、涙目で凄んできた。

「遅い……」

「は？」

「助けに来るのが遅いんだよ！　もう少しでこの僕に危害が及ぶところだっただろ⁉　だ、だいたい冒険者《おまえら》が不甲斐ないのが悪いんだぞ！　お前らが魔物程度も抑えられないから、僕らが出るハメになったんだ！」

騎士は唾《つば》を飛ばし、いかに自分が冒険者のせいで理不尽な目に遭ったかを声高に主張した。

「下々の人間のくだらない仕事に僕らを巻き込んで、挙げ句勝手に剣を使ったな⁉　賠償問題だぞ！　どうしてくれるんだ、えぇ⁉」

エリックの手から奪い返した剣を突きつけ、柄が土で汚れただの、扱い方が下手なせいで芯が歪んだだのをまくし立ててくる。

エリックはしばらく呆気に取られていたが――我に返り、こめかみに青筋を立てる。

（やっぱり騎士なんて貴族のお坊ちゃんの集まりか……ちょっとでも仲間意識を持った俺がバカだった）

騎士と冒険者は相容れない。この不文律が破られることはないのだと改めて確信した。

「てめぇ、黙って聞いてりゃ――」

ぶつけられた理不尽を倍にして返そうとした瞬間、エリックのものではない拳が騎士の顔面を捉えた。

ライアンだ。彼は振り下ろした拳を握り締めたまま、悲鳴すらあげられず地面を転がる騎士に叱《しっ》声《せい》を浴びせる。

「ブレッド・ローナ。貴様は騎士の名を地に堕《お》とすつもりかぁ！」

「ふ、ふご――！」

「彼らが来なければ我々は全滅していたかもしれないんだぞ！　騎士――いや、人間として恥を知れ！」

ライアンはそう吐き捨ててからエリックに向き直り、深く頭を下げた。

「仲間が失礼をした。どうか許して欲しい」

「別にいいよ。騎士と冒険者は馴れ合えない。そういうことだろ」

ライアンのおかげで溜飲《りゅういん》は下がった。

これ以上突っかかっても互いに気分が悪くなるだけなので、それで手打ちにする。

「ライアン、ブレッド！　こっちに来てくれ。リカルドにまだ息があるぞ！」

落とし穴の傍で、彼らの仲間が二人を呼ぶ。

「ブレッド。今は仲間の救出を優先するぞ。いいな？」

「……了解」

エリックに噛みついた騎士――ブレッドという名前らしい――は大人しく指示に従い、ライアンの後をついて行った。すれ違いざま、彼の憎悪に燃える瞳がエリックを睨み据える。

ブレッドは声に出さなかったが、その唇は確かにこう言った。

――「覚えてろよ」と。

穴に落ちた彼らの仲間は酷い有様だったが、まだ息があった。急いで治療すれば助かる可能性は十分にある。

「あの、これ使ってください」

ピアが集めたばかりの薬草を差し出す。

(――ってオイ！　ソレは俺たちの今日の稼ぎ……)

「薬草？　こんなに大量に……」

「足りなくなるかもしれませんし、持っていってください」

エリックの心の叫びも虚しく、ピアは一切の迷いなく薬草を渡してしまった。

「何から何まで助かる……！　先ほど聞きそびれてしまったが、改めて君たちの名前を聞かせてくれないか？」

「私はピア。それからこっちはエリックです」

「エリックか。先ほどの剣技、素晴らしかった」

「……そりゃどうも」

ライアンが懐《ふところ》に仕舞った薬草を恨めしげに目で追いながら、エリックは沈んだ声を出した。

「恥ずかしながら、俺も冒険者というものを誤解していた。礼とお詫《わ》びを兼ねて、ぜひ今度話がしたい」

「……気が向いたら」

手を差し伸べてきたライアン。エリックが渋々自分の手を伸ばすと、彼はしっかりとした強さで握り返してきた。

「落ち着いたら必ず連絡する。待っていてくれ」

一緒に帰ると道中でまた喧嘩してしまうかもしれないので、あえて二人はその場に留まって騎士を見送った。彼らの姿が完全に見えなくなってから、ピアは両手を合わせる。

「エリック、ごめん……つい」

「気にすんな。一食抜いたくらいじゃ人は死なねえよ」

――とは言ったものの、苦労して集めたものの喪失感はなかなかに大きい。

昨日の稼ぎと僅かな蓄えは剣に消え、今日はタダ働き。

冒険者の辛さを、改めて実感した瞬間だった。

「俺らも帰るか」

「うん」

愛用の剣は切れ味が落ちてしまっている。

魔物がこういう状態になったと認識した途端、装備の乏しさが急に心許なくなった。

ピアの言う通り、少し買い足しておけばよかったかもしれない。

きびすを返して街の方向を振り返った瞬間——背後から迫る圧倒的な気配に、二人は首をすくませた。

木々が悲鳴をあげるように葉をこすれさせ、危険を察知した鳥が空へ逃げ惑う。

一定間隔で地面が揺れるリズムは、まるで巨大な人間が歩いているかのようだ。

いや——事実、その通りだ。

恐る恐る振り返ると。

「ギガン……テス」

その先には、大きく目を見開いた一つ目の巨人が、木々の隙間からこちらを睥睨《へいげい》していた。

ギガンテスはこの国で最も危険とされる魔物の一種だ。

のっぺりとした凹凸のないヒト型の巨人で、動きこそ鈍重なものの、大木すら容易になぎ倒す一撃は強力無比の一言に尽きる。しかし目が悪く、顔に一つだけある目玉はいつも閉じがちで、せわしなく手でこすっている。

冒険者の間では『あいつは疲れ目だ』なんて言われているが、真実は定かではない。

とにかく、たまに出すラッキーパンチにだけ気をつければ討伐は決して難しくない。

難しくない……のだが。

「なんだよ、今日はずいぶん目がぱっちり開いてるじゃねえか」

開かないはずのギガンテスの目が、ギョロリとエリックたちを凝視していた。

スライムやゴブリンを例に見るまでもなく、ギガンテスも変化を起こしていると考えるのが自然だろう。

逃げる、という選択肢が頭をよぎる。いつもであれば無理せずそれを選んだだろう。

しかし今、ギガンテスは正確にこちらを捉えている。どこへ行こうと追いつかれてしまうのが関の山だ。

騎士たちに助けを求めようとも考えたが……彼らの中には重傷者がいる。下手に巻き添えにして死なれると後味が悪い。彼らを守るという意味でも、ここで戦うことが最善だと判断する。

「エリック……」

「大丈夫だ。補助魔法を掛けてくれ」

ギガンテスは目が弱点だ。目ならばナマクラだろうと、突けば必ず致命傷を与えられる。

ピアを背中に庇《かば》いながら、エリックは剣を抜き放った。

「俺が走ったらその辺の木に隠れてろ」

「で、でも」

「任せとけって。守ってやるって言っただろ？」

「……うん」

「じゃあ……行くぜ！」

その言葉を皮切りに、エリックは一気に距離を詰めた。

ギガンテスはエリックに焦点を合わせ、巨大な腕を思いのほか俊敏《しゅんびん》な動きで振り上げる。

彼を掴もうと、五本の指を広げて突き出してくる。

「――ぐっ」

想像以上に速いが、見切れないほどではない。避けることも簡単にできる。

しかし――巨大な単眼でこちらを凝視している分、攻撃の方向はかなり正確だ。

掴まればよくて大怪我を負い、悪ければ死ぬ。

死。

その単語がエリックの頭をかすめ、身体が錆《さ》び付いたように動きを鈍らせる。

頬を殴りつけて気合いを入れ直し、危なげなくギガンテスの腕をすり抜ける。

（しっかりしろ、俺！）

走り出した速度のまま、ギガンテス討伐の定石である足の腱《けん》に狙いを付けた。

ここを斬れば転倒し、弱点を狙いやすくなる――が。

「硬《か》ってぇ！」

まるで岩を斬ったような感触に両手が痺《しび》れた。

もともと硬い皮膚はさらに硬質化していて、もはやナマクラではどうすることもできない。あの
騎士の剣を拝借したとしても、薄皮を斬る程度が限界だろう。

——取れる手段はたった一つ。ギガンテスの体を登って目を狙うしかない。

足元にいるエリックを掴もうとしていた手に飛び乗り、そのまま駆け上がる。

振り落とされそうになるが、機を見て高く飛び上がり——目を狙える位置に躍り出た。

「もらった！」

落ちる力と両手の力が最大限伝わるように振りかぶり、エリックはギガンテスの目に会心の一撃を叩き込んだ。

刃が白い目の中にぶすりと入って行か……ない！

「な……にぃ!?」

ギガンテスの瞳がぐにゃりとへこみ、剣の勢いを吸収する。

——まるでスライムを突いたような弾力に、あっさりと押し返されてしまった。

ギガンテスの変化は、硬い皮膚やしっかり見開かれた目だけではなかった。弱点であるはずの目が、剣を弾くほどの弾力を得ている。

魔物が徐々に変化し、強くなっていることは分かっていた。

なのに、どうして目は弱いままだと思い込んだ？

ナマクラでも斬れるという確信は、どこから？

騎士に剣技を褒《ほ》められ、心の中で舞い上がってしまっていたのかも知れない。

その油断が、慢心が、驕《おご》りが。

結果として、空中で無防備な姿を晒《さら》すことに繋がってしまった。

ハエを叩くような軽い仕草で、ギガンテスは目の前にいるエリックを斜めに払った。

(剣――剣で防御を！)

ギガンテスにとっては大した動きではなかったが、エリックにすれば威力は絶大だ。一度地面を跳ねてから、木に叩きつけられる。

「ぐあぁ⁉」

買い替えたばかりの剣はギガンテスの力に負け、まるで小枝のように折れてしまった。

(倒れてる場合じゃねえ。体勢を――立て直さないと！)

頭ではそう思っていても、身体が動かない。強打した背中が痺《しび》れに変換され、全身の動きを阻害していた。

エリックの目の前には、無傷の巨人がこちらを睨んでいる。

トドメを差そうと、エリックに手を伸ばす。

「あ――あ」

彼は生まれて初めて、正真正銘の『死』を覚悟した。

――しかし、ギガンテスは途中でその手を止めた。頭に向かって、石をぶつけられたからだ。

もちろんエリックの仕業ではない。投げているのは――

「こっちよ、化け物！」

「ピア……何やってんだ！」

「私が囮《おとり》になるから、その間に街まで逃げて！　助けを呼んできて！」

ピアはあくまで戦闘補助要員であって、戦う力はない。ギガンテスの相手などもっての外だ。何分と持たずに殺されてしまうだろう。

エリックは首を横に振って、折れた剣を杖代わりに立ち上がった。

「馬鹿野郎……！　囮《おとり》なら俺がやる、お前が逃げろ！」

「そんなボロボロで何言ってるの！　早く──」

二人の言い合いをギガンテスが待つはずもなく、巨体が跳躍した。

ピアのちょうど真横に着地し、数メートルもあった距離が一瞬でゼロになる。

「あ──」

ギガンテスが──

すくい上げるように──

手を払う。

その光景を、エリックはとてもゆっくりした時間の中で眺めていた。

ピアの身体が、冗談のように天高く舞う。

その瞬間、鈍間《のろま》な時間の流れが元に戻った。

「ぴ……ピアああぁぁ！」

全身が訴える激痛を無視して、エリックはピアを受け止めた。

「しっかりしろ、おい、ピア！　ピア！」

ピアの身体は……半分ほどが『ひしゃげて』いた。

内臓や骨が押し上げられ、身体のあちこちから不気味な凹凸が見える。健康的だった肌色が内出血で紫色に変わり、いつも彼を叱咤《しった》する唇からは……こひゅう、こひゅうと不自然で不規則な空気の抜ける音が聞こえた。

「エリッ……ごめん、わだし……弱ぐ、で」

ピアが口を開いた瞬間、唇の端から赤い泡がこぽこぽと零れた。

「あ——あ」

悠然と、ギガンテスが二人の眼前に歩を進めてくる。

絶対的な強者。それを前にして、人間は——あまりにもちっぽけで、無力だった。

約束を交わした相手を、守れないほどに。

「あああああああああああああああああああ」

ギガンテスが両手を伸ばす。

エリックはなんの抵抗もできない。剣は折れ、守るべき相手を失い、抗う心も消え失せていた。

ただただ目の前に迫る『死』を、絶叫を以《もっ》て受け入れるしかない。

(ピア……約束守れなくて、ごめん)

彼はせめてこれ以上ピアが攻撃されないようにと、彼女の身体を後ろに隠して両手を広げた。

——その時。

ふわりと、一陣の風が舞った。

眼前に迫っていた巨大な両腕が、なんの脈絡もなくボトリと地面に落ちる。

エリックの剣では傷すら負わせられなかったギガンテスの腕が、美しいと錯覚するほど綺麗な断面を見せている。

表情のない巨人が、初めて怯《ひる》んだ。

「ギガンテスか。まさかこんなレアモノに会えるとはツイてるぜ」

見たことのない男が、目を輝かせながら両者の間に割って入った。

エリックでは持つことすら難しいであろう巨大な赤い剣を軽々と持ち、肩の上に乗せている。

「レイチェル、こいつの目玉を国に持って帰ったらいくらで売れる？」

「保存が利かないから、持ち帰りは無理ね、キース」

男の仲間らしき女――いつから居たんだろうか。全く気がつかなかった――が、腰の袋から濃い緑色の液体を取り出し、エリックの口に押し込む。

「ふぐっ」

「その子を先に診るわ。あなたはこれで我慢して」

飲まされたのは痛み止めの薬だ。とんでもなく苦く、飲み込んだ拍子に涙が目尻から零れる。

（――なんなんだ、この二人）

混乱するエリックを余所《よそ》に、男はまるでスライムを討伐するような気軽さで剣を構えた。

「とりあえず倒すか」

男は何ら気負うことなくギガンテスの前に立った。

両腕を失ったギガンテスは、その巨体さを以《もっ》て男を押し潰そうと跳ぶ。

「目玉を残さなくていいなら、気兼ねなくぶった斬れるぜ――！」

男は避けもせず、下から巨大な剣を振り上げた。

それだけ。

ただそれだけで、ギガンテスの身体が股から頭にかけて真っ二つに割れた。

「す、すげぇ……！」

あの剣がとんでもない業物だということは分かる。

男の剣技が達人の域に達していることも分かる。

凄いことは、分かる。

ただ――エリックと男に実力差がありすぎて、具体的に『どこがどう凄い』のかが全く分からない。彼がこれまで見てきた剣士の技の中で最も荒々しく、最も美しい一撃だった。


窮地は脱したものの、ピアの状態は芳《かんば》しくなかった。

早く医者に診せれば、あるいは助かるかもしれない――もちろん五体満足とはいかないだろう。

レイチェルと名乗った女性から、そう告げられる。

「ここでできる応急処置は全部済ませたわ。あとは時間との勝負よ」

「あ……ありがとう！　この礼は必ずする！」

ピアの命が助かる。

それだけで、エリックの心に掛かっていた黒いもやが晴れるような気持ちになった。

なるべく揺らさないようにピアを担ぎ上げ、急いで街に戻る。

幸いにも、東地区の門を抜ければ診療所はすぐそこだ。エリックは痛みも忘れて走り続けた。

――そして診療所に着いた途端、あまりの人の多さに呆然と立ち尽くしてしまった。

建物に入れない人々が、うめき声をあげながら行列を作っている。中では医者がせわしなく怪我人を診ていて、時折怒声のようなものも聞こえてくる。

「なんだよ……これ……」

数日前から怪我人が増えたことは聞いていた。しかし――それにしても多すぎる。

とてもではないが、すぐ診てもらえるような状況ではない。

エリックは最前列にいる冒険者に声をかけた。

「な……なぁ、仲間が重傷なんだよ。順番を代わってもらえないか？」

「はぁ？　無理に決まってるだろ！」

エリックは列を作る一人一人に頭を下げて回ったが、誰も交代してくれる者はいなかった。

大小はあれど、誰もが痛みにうめき苦しんでいる。

そんな中、一人だけ特別扱いする訳にはいかない。

それは彼も重々承知していた。だが、今は予断を許さない状態なのだ。

「頼むよ！　俺の幼馴染《おさななじ》みなんだよ……！」

「知るか！」

「そいつをダシに使って、ちゃっかり自分の治療も済まそうって魂胆だろ！」

「図々しいんだよ！」

エリックが交渉している間にも、ピアの顔色はどんどん悪くなっていっている。

もう時間は残されていない。

（――いっそのこと、医者を連れ去って治療させるか？）

物騒《ぶっそう》な考えが彼の頭をよぎる。

しかしこの状況下ですぐに診てもらうには、それくらいしか思いつかなかった。

エリックは問答無用で捕まるが、それでピアが助かるなら本望だ。

「……やるしかねえか」

覚悟を決め、ピアを安全な場所に隠そうと路地裏へ足を進める。

「おんや。エリックじゃないか」

「――!?」

いきなり声をかけられ、エリックは飛び上がった。

声の主は、例の情報屋だった。

こういうことにも慣れているのか、ピアの怪我を見ても目を見開くだけだった。

「どうしたんだ？　酷い怪我じゃぁないか」

「俺のせいなんだ……。なぁ、とびきり腕のいい医者を知らないか？」

「知ってるぞ」

「どこにいる!?」

エリックは情報屋に飛びついた。

「知ってはいるが、これは今までの情報とは額が違うぞ」

こんな時でも飄々《ひょうひょう》とした調子を崩さない情報屋に腹が立ったが——理不尽だと自制する。元を正せば原因は自分にあるのだから、彼に怒りを感じるのはお門違いだ。

「いくらだ。すぐには払えない。でも絶対に返す」

「本当に、目玉が飛び出る程の値段だが……買うか？　一生をかけて返していくハメになるぞ」

「それでもいい。教えてくれ」

「ほう、即答か……」

情報屋は、エリックの目の奥を覗き込むように凝視した。

しばらく何も言わないまま、二人の視線が交錯する。

たっぷり一分は経った頃、情報屋は満足そうに笑った。

「——いい目をするようになったな。待った甲斐があった」

彼の右手が、街の北側——小高い丘に建てられた小さな屋敷を指差した。

貴族の所有物とは聞いていたが、どういう用途で使われているかは誰も知らない謎の建物だ。

「あの場所に聖女が監禁されている」

「聖女……？」

数日前から行方不明になっていたという聖女が、なぜあんな場所に……？　しかも監禁とは穏やかではない言葉だ。

「おっさん。俺は医者を探してるんだぞ」

「分かっておる。お前はピアちゃんに聞いたことはないのか。聖女の力を」

「力……って、まさか」

ピアはたびたび、聖女には癒しの力があると言っていた。

羽を怪我していた鳥を、歌うだけで治癒したという。

(あの話は本当なのか？　だとしたら、ピアの傷も――)

足が止まるエリックを押し出すように、情報屋は彼の肩を突き飛ばした。

「行け。くれぐれも周辺の騎士に見つかるなよ」

「ありがとうおっさん！」

聖女に会えば、ピアは助かる。

エリックは疲労を無視して、全速力で丘の上へ駆け出した。

▼

白い湯気を立てる湯船に浸かりながら、ルイーゼは水面に広がる波紋をぼんやりと眺めていた。

四日目が終わろうとしている。

第三段階はとうに解除され、魔物たちが徐々に力の断片を取り戻す頃合いだ。

下手をすれば死人が出ていてもおかしくはない。

彼女の見立てでは、遅くとも今日までに王子が謝りに来ると踏んでいたが……ついにやって来なかった。状況に気付いていないのか、なんらかの対策を打っているのか。

どちらにせよ、被害を受けるのは外で仕事をする冒険者や商人たちだ。

明日——第四段階になれば状況はより悪くなる。

冒険者では手に負えず、騎士の派兵が必要になるかもしれない。

そこまで状況が悪化しなければ理解できないほどニックは馬鹿なのだろうか。

（そんなはずないよね……明日の朝一番には、来るよね）

不安を押し隠しながら、ルイーゼはすくい上げた湯で頬を叩いた。

先代が逝去《せいきょ》し、たった一人で祈るようになり七年。その間なんの変化もないまま、ひたすら祈りを捧げていた。

そこに何か不満がある訳ではない。聖女とは本来そういうものだからだ。

国を想い、国を守り、国の為に死ぬ。そうして連綿と国を陰から守護してきた。

聖女の平均的な在任期間は十年ほど。そして、在任期間の終わりは死を意味する。

ルイーゼの人生の出来事といえば、残るは後継者探ししかない。

それを思えば、ここに来てからは変化の連続だった。

仏頂面の男性と四六時中過ごしたり、おいしい食事をたくさん食べさせて貰えたり、筋肉痛になったり。毎日知らないことが起きて、毎日驚くことが起きる。

それらの変化を楽しんでいることを自覚するたび、ルイーゼは己を叱咤《しった》した。

誰かを危険に晒《さら》しながら、自分が楽しい思いをするとはなんたることだ、と。

日を追うごとに罪悪感が重く、重くのし掛かってくる。

こうして温かい風呂に入っている間にも誰かが傷付いている。

考えただけで胸が痛い。

そうなることは必然だった。

分かっていながらルイーゼは祈りを止めた。そして、再開するつもりもない。

聖女の必要性を理解してもらうという目的を達成するまで、祈る気はない。

――それは民を危険に晒《さら》してまでしなければならないことだろうか。

零れた水は元に戻らないというのに、ずっとその考えがルイーゼの頭の中を巡っていた。

(やらなくちゃいけない。乱暴な方法であろうと、聖女は必要なんだから)

どれだけ国民に嫌われても、恨まれても、呪われても、理解してもらわなくてはならない。

スタングランド王国を生きる上で、聖女は不可欠な要素なのだ。

おそらく後世、ルイーゼは災厄の聖女として語られるだろう。

自らの怠慢により聖女の名を貶《おとし》め、追放されることを恐れて独断で祈りを中断し、多くの人々を危険に晒《さら》した稀代の悪女――と。

それでも構わない。

世にはびこる聖女不要説を一掃し、後世の聖女たちが正当に評価されるのなら。

（私は……悪者になる）

「……アンタ、何を悩んでるんだい？」

決意を新たにしたところでミランダに問いかけられる。

「な、悩みなんかありませんよ。ただの筋肉痛です。まだあちこちが痛くて」

「嘘をお言い」

まるで心の中を見透かしたような物言いに、ルイーゼの心臓が鼓動を速めた。

ミランダは髪を梳《と》くためにルイーゼの背後に立っている。鏡越しに表情を見るだけで、言葉の真偽を判別できるはずがない。

「なんで見破られたんだ、って考えてるだろ？　アタシが今まで何人の子供を見てきたと思ってるんだい」

「わ、私は子供じゃありません！」

彼女が孤児院を経営していたという話は聞いていた。

そこで見てきた子供と一緒にされ、ルイーゼは肩を怒らせて反論する。

「アタシにとっちゃ、二十歳なんて子供と変わらないさ」

「もう！」

ミランダの大きな手が、ルイーゼの髪をわしゃわしゃと撫でてくる。振り払いたいのはやまやまだったが……撫でられる気持ちよさに負け、されるがままになる。

ルイーゼの言葉を嘘だと断言しつつ、ミランダはそれ以上は聞いてこようとはしなかった。

こちらが話すまで、待ってくれている。

「……」

自分で決めたことなのに罪悪感がありますなんて言ったら、どんな顔をされるだろう。

だったら最初からこんなことをするんじゃないよ！　と、拳骨《げんこつ》を落とされるかもしれない。

せっかく仲良くなれたというのに、白い目で見られるかもしれない。

そう考えただけで、ルイーゼは何も言えなくなってしまった。

ルイーゼはこれまで祈ることにすべてを捧げ、七年もの間、祈りを生活の中心に据えて生きてきた。

本人は自覚していないが、ルイーゼの本質は『自己犠牲《ぎせい》』だ。自分はどれだけ傷付いても平気だが、他人が傷付くことは見過ごせない。

だから彼女にとってこの状況はとても耐えがたく、だからこそ苦しい。

「ま、話したくないなら無理に聞かないさ。でもあんまり胸に溜め込むんじゃないよ」

これ以上は時間を置いても無意味と判断し、ミランダは出口へとルイーゼを誘導した。

「人間ってのは、それほど強くないからね」


風呂場から地上に出ると、詰め所付近から騒がしい声が聞こえてきた。

数人の騎士が魔法の松明《たいまつ》を照らしながら、何かを取り囲んでいる。

アーヴィングも部屋から出て、何事かと様子を窺《うかが》っている。

「あの、何かあったんですか？」

「部屋に戻ってろ」

ルイーゼが尋ねると、彼はぶっきらぼうにそう答えた。

「むっ」

「まあまあ。大したことなさそうだし、部屋に戻ろう」

ミランダになだめられながら、渋々、といった様子できびすを返すルイーゼ。

「頼むよ……！　聖女様に会わせてくれ！　ここにいるのは知ってるんだ！」

——騒いでいる誰かの声が、三人の耳に飛び込んできた。

扉に伸ばしかけていたルイーゼの手が、ピタリと止まる。

——聖女がここに監禁されていることは、限られた一部の者しか知らないはず。

ニックが一週間を待ちきれずこの場所に聖女《ルイーゼ》がいることを公表したのか？

それで聖女を信じる者——もしくは、嫌う者——がやって来ている？

振り返ってよく目を凝《こ》らすと、騎士に押さえ付けられた冒険者と思しき少年がいた。

なぜ、あんな少年がこの場所を知っているのか。

「仲間が怪我をしたんだ！　俺の大事な、幼馴染《おさななじ》みなんだ！　医者は他の怪我人で手一杯で、聖女様でないと治せないんだよぉぉぉ！」

そんな疑問は、彼の隣で横たわっている少女を見た瞬間に吹き飛んだ。

この暗がりでも分かるほど顔を青白くさせ、半身は何かで押し潰されたようにぐしゃりと変形している。

――魔物にやられたものだと、ルイーゼは直感した。

(私の――私の、せいだ)

悪女になるとたった今決めたはずなのに。

何を犠牲《ぎせい》にしてでも、聖女の必要性を理解させるまでは何もしないと決めたはずなのに。

気付けばルイーゼは、その少女を救おうと前に進んでいた。

「おい、何をしている。部屋に戻れと――」

行く道を塞ごうとするアーヴィングが、ルイーゼの一瞥《いちべつ》で息を呑んだ。

背が高く、力も勝っているはずの彼が――小さな聖女の雰囲気にたじろぎ、圧倒されている。

「退《ど》いてください」

それ以外の行動を取れば首が落ちる――そんなことはあり得ないと分かっていながらも、百戦錬磨の剣豪に刃を突き立てられたように、アーヴィングは動けなかった。

硬直する彼の横を悠然と通り過ぎるルイーゼ。

ミランダも、別の意味で動きを止めていた。

小柄な少女としか思っていなかったルイーゼが、まさかアーヴィングを退《ひ》かせるなんて、誰が想像できただろうか。

「――ま、待て！　行くな！」

硬直が解け、慌ててルイーゼを追いかけようとするアーヴィングを、ミランダの太い腕が阻《はば》んだ。

首に手を回し、体重をかけながら力を込める。

「ちょいと待ちな。あの子が何をするのか見守ってやろうじゃないか」

「は、離せ、離せぇ！」

二人のやり取りは、もはやルイーゼの耳には届いていなかった。彼女の意識は目の前の少年と少女に向けられている。

「——さっさと失せろ！　ここには聖女などおらん！」

「たとえ聖女がいたとしても、そんな死に損ないを治せるはずがないだろう！」

騎士に両手を押さえ付けられ、少年は好き放題に殴られていた。散々叫んだせいだろう、声はしわがれ、顔が涙と血で濡れてあちこちが腫れ上がっている。

「だのむよぉ……俺の、幼馴染《おさななじ》みをだすげてくれよぉ……」

不意に顔を上げた少年と、ルイーゼの目が合った。

「せ——聖女、さま？」

少年の声で、騎士たちがようやくルイーゼの存在に気付いた。

「ルイーゼ！　なぜここに」

「何をしている。早く牢《ろう》に戻れ！」

ルイーゼを連れ戻そうと、騎士たちが前に立ちはだかった。

しかし、今の彼女の目に彼らは映っていない。せいぜい、邪魔な喋る壁程度の認識だ。

「退《ど》いてください。その子の治療を」

「ならん！　今すぐに戻らねば即刻――」

「退《ど》きなさいッ！」

「――⁉」

語気を強めて一喝すると、騎士たちは怯《ひる》み、たたらを踏んだ。

ルイーゼはその合間を悠然と通り抜け、少女の前で膝を折った。

この距離まで接近して、彼女の状態がいかに酷いかを改めて知る。応急処置で巻いたであろう包帯は真っ赤に染まっており、そこからじくじくと血が滲み続けていた。

顔は肌色を通り越して土気色に変わり、ここまで生きていることが奇跡のような状態だ。

「聖女様……お願いします、ピアを、ピアを……」

縋《すが》るように地を這う少年に対し、ルイーゼは短く告げる。

「任せて」

――聖女は祈り以外にも、継承の儀式を経て特殊な力を授かる。それが、唄《うた》だ。

魔法の詠唱によく似た文言を口ずさむと、その通りの効果を発揮する。

言葉にすると単純だが、効果はまるで別物だ。

魔法技術が発達して久しい現代でも、聖女の唄《うた》を超える魔法は開発されていない。

「『癒しの唄《うた》』」

どんな医療技術でも、どんな魔法技術でも治せない怪我すらも治癒できる。それが聖女の癒しの唄《うた》だ。

たとえ半身が潰れていようと関係ない。死んでさえいなければ――

ルイーゼが唇を動かすと、少女の身体が淡い光に包まれる。

はみ出た内臓は引っ込み、歪んだ骨は矯正され、潰れた手足が少しずつ元に戻っていく。

「貴様ぁ！　囚人の分際で勝手な行動を取るな！」

聖女の雰囲気に呑まれていた騎士が我に返り、ルイーゼの耳元で喚き立てる。

――必要のない情報だと、彼女は無視した。

「従わないのなら、力ずくで――！」

ごす、と額に何か硬いモノがぶつかる。

――必要のない情報だと、彼女は無視した。

じわりと痛みが広がり、頬に液体が流れる。液体が口の中にまで入ってきた。

無視。無視。

頭がくらくらしてきた。

無視無視無視無視無視無視無視無視無視無視。

いくら癒しの唄《うた》が優れた治癒術だとしても、ここまで身体が損壊しているとなると話は別だ。

集中を切らせば、この少女は助からない。

少女が完全に治るまで、何をされようと唄《うた》うこと以外はしない。

不要な感情。不要な情報。不要な身体信号。

すべてを頭の片隅に押しやり、ルイーゼはひたすら唄《うた》い続けた。

唄《うた》に集中し続けること——何分くらいだろうか。時間の感覚すらも無視していたので、どれくらい経ったかは分からない。

五分くらいと適当に当たりをつけつつ、ルイーゼは閉じていた目を開こうとして——なぜか片目だけが開かなかった。

「？」

顔に手を当てると、ぬるりとした感触が手に移る。見える位置にそれを持ってくると、固まった赤い血がべったりと貼り付いていた。

（これ……私の血？　なんで怪我してるんだろ）

手を額のほうに滑らせると、さっきまではなかったはずの傷ができていて、かなりの量の血が流れている。

（なにこれ。まあ、いいや）

他人事《ひとごと》のようにそれを後回しにして、ルイーゼは横たわる少女をもう一度見やる。

潰れた半身はすっかり元通りになり、顔色も血色のいい色に戻っている。

聖女の力を目《ま》の当たりにした騎士たちは言葉を失い……その場に縫い付けられていた。

「さて。次」

彼らの間をすり抜け、続いてルイーゼは同じく硬直している少年のもとに移動する。

「君がこの子を運んでくれたの？　たった一人で」

「は、はい。聖女様……お、お怪我を」

「私のことはいいから。あの子はもう大丈夫よ」

呆然と見上げる少年に、ルイーゼはにこりと笑って彼の頭を撫でた。

「よく頑張ったね」

少年自身も酷い怪我を負っている。騎士たちに傷付けられたものもあるが――魔物と戦闘をしてきたであろう傷が大半だ。

ルイーゼの想像でしかないが、歩くのも苦痛だったはずだ。そんなボロボロの状態にもかかわらず、彼は少女のためにここまでやって来た。その苦労はねぎらわれるべきだ。

「――ぁ、あ、ああああああ、うわあああああああ！」

少年は小さな子供のように声をあげて泣き始めた。ルイーゼの膝元に縋《すが》りながら、嗚咽《おえつ》混じりに懺悔《ざんげ》を始める。

「ご――ごめんなさい聖女様！　……俺、あなたをずっと勘違いして……自分が守られていることにも気付かず、自分勝手な理由で逆恨みしてました……ごべんなざい……」

「いいのよ。私のほうこそ、傷付けてごめんなさい」

少年にも癒しの唄《うた》を使って治療を行う。それが終わる前に彼は疲労と緊張の糸が一度に切れて、ルイーゼの膝の上で気絶するように眠った。

「よかっ――た」

無事に二人の治療を終えた瞬間――ルイーゼも、意識を失った。

「――ルイーゼ！」

――直前に聞こえた声は、誰のものだっただろうか。

▼

アーヴィングとミランダの力比べは互角だった。

体重差からして、アーヴィングが動ける道理などないはずだが、彼は勢いを付け、ミランダごと引きずろうとする。

（こいつ、本当にただの騎士かい⁉）

騎士など大層な鎧《よろい》を着ているだけのモヤシ――そういう先入観を完全に吹き飛ばしてしまうほどの力強さに、ミランダは舌を巻いていた。

「お前はっ！　あいつが何をしようとしているのか……分かっているのか！」

しばらく一進一退の引っ張り合いを続けていると、アーヴィングが呼吸の合間を縫い叫んだ。

「治療……だろう？　聖女の奇跡とやらを……しっかり拝ませてもらえば、疑い深いアンタも、あの子を信じられるんじゃないかい？」

信じていない自分のことを棚に上げ、皮肉交じりにそう告げる。

ギリ……と、歯が潰れそうな音がアーヴィングの口から鳴った。

「お前は何も分かっていない！　聖女の力など不要なものだっ……」

――ルイーゼは不要。

そうはっきりと宣言され、ミランダは頭に血が上った。

「そういうアンタは、あの子の何が――」

「退《ど》きなさいッ！」

びりびりと震える空気に体中が総毛立ち、組み合いをしていた二人の意識が持って行かれる。

「い、今の声は……ルイーゼ？」

確認するまでもなく、ルイーゼの声であることは明らかだ。

しかしミランダは、たった数日とはいえ彼女を知っているからこそ余計に信じられなかった。

栄養を欠いて痩せ細ったあんな身体のどこから、この距離で怯《ひる》むほどの声量を出す力が湧いて出るのか。

ルイーゼの怒号は、これだけ離れていたミランダとアーヴィングをも硬直させた。

間近で受けた騎士たちが怯《ひる》み、二、三歩後退するのは無理からぬことだ。

ルイーゼの小さな身体が、騎士の間を粛々と通過する。

この場に居る、怪我人を除いた中で最も脆弱《ぜいじゃく》な存在であるはずのルイーゼが、いつの間にかすべての空気を掌握《しょうあく》する支配者となっていた。

(あの子は……本当に、ルイーゼかい？)

遠目に見えるルイーゼの横顔。

三日間で見てきたどの場面とも違う表情に、ミランダはさらに戸惑う。

鋭い視線は何かに怒っているように見えるが、瞳の奥にあるものは――無限の包容力を持つ、慈愛そのものだった。

「――」

ルイーゼが小さく、何かを口ずさみ始める。

ミランダがいる場所からでは、何を言っているのか分からない。

しかし、何が起きているかはこの距離でも理解できた。

倒れていた子供の身体が、淡い光に包まれ――無残に潰れていた手足が、徐々に元の姿を取り戻していく。

「お、おおぉ……」

その神々しい眩しさに、ミランダは目を細めた。

既存の回復魔法ではなし得ない奇跡。

アーヴィングや騎士たちを引き下がらせる迫力。

そして何より、あの聖母のような瞳。

この瞬間――ミランダの疑惑は完全に晴れ、確信に変わった。

（ルイーゼ。アンタはまぎれもなく本物の、聖女だ）

「貴様、勝手な行動を取るな！」

ルイーゼの雰囲気に呑まれていた騎士が我に返り、彼女の肩を掴む。

しかし、ルイーゼの身体はびくともしない。痺《しび》れを切らした騎士が凶刃を抜き放つ。

「従わないのなら、力ずくで――！」

「――っ！　やめなッ！」

止めるには距離がありすぎる。

ミランダは声を張り上げるが、ルイーゼのように相手の動きを静止させるには至らなかった。

「やめろ！　聖女様に手を出すな！」

同じく少年が手を伸ばすが、他の騎士に阻《はば》まれてしまう。

騎士はさすがに刃を向けることはしなかったが、掌を翻《ひるがえ》し、剣の柄でルイーゼの額を殴りつけた。

鈍い音が鳴り、彼女の顔半分に血がだらりと流れ落ちる。

それでもルイーゼは何事もないかのように、唄《うた》を口ずさみ続ける。

「あの野郎……！　殺してやる！」

視界が真っ赤に染まり、ミランダの意識が騎士に集中する。

――必然的に、アーヴィングへの警戒が薄れてしまった。

「おおおおおッ！」

その隙を見逃すアーヴィングではない。雄叫びをあげ、ミランダの拘束から逃れた彼は一直線にルイーゼのもとに駆ける。

「ま――待ちな！」

聞いた話によると、アーヴィングはニックが直々に聖女の世話係として任命した騎士だ。

国外任務を主として行動する聖女反対派の一味で、世話係という名の監視役――あるいは、ルイーゼが不利になるように働きかける仕掛け役だ。

そんな役割を持った人間の前で、聖女が指示に従わない行動を取った。

彼がこれから行うことは必然的に、たった一つに絞られる。

――聖女の処分。

そうはさせまいと、ミランダは一拍遅れてアーヴィングを追った。

単純な力ではミランダのほうが勝っていた。しかし、速さとなると別だ。

追いつくどころか、どんどん離されてしまう。

「待てアーヴィング、やめろ、頼む――その子を殺さないでおくれ！」

ミランダの懇願も虚しく、アーヴィングは血を流すルイーゼに拳を振り上げ――

「ぐっふぇぇ!?」

ルイーゼの額を叩き割った、憎き騎士の顔に拳を叩き込んだ。

「――っ、え？」

ルイーゼを守る、という意味では助かったが、唐突なアーヴィングの裏切り行為の意図が分からない。ミランダの頭の中を疑問符が駆け巡る。

「き、貴様！　何をするんだ！　殴る相手が違うだろうが！」

地面を盛大に滑る騎士は涙声でアーヴィングを非難するが……彼はそれを無視し、さらに騎士を殴りつける。

「げぺぇ!?」

一度だけではなく、何度も、何度も拳を振り下ろす。

「き……貴様！　役目を忘れたのか!?」

「俺の役目……だと？」

「そうだ！　聖女を追放しニック王子が王になれば、一生遊んで暮らせる金が――」

「……違う。俺の目的は、そうじゃない」

吐き捨てるように拳を振り下ろすと、騎士は白目を剥いて意識を失った。

アーヴィングがゆらりと立ち上がる。

振り返ったその視線の先には――血を流したまま唄《うた》うルイーゼがいた。

鉄仮面を被っていると思っていたアーヴィングの表情が崩れ……ミランダの目には、彼が泣いているように見えた。

「俺の目的は……ルイーゼに聖女を辞めさせることだ」

「……なんだって？」

アーヴィングは一貫して『聖女は不要』と言い続けてきた。

しかし、一度たりとも『ルイーゼが不要』とは言っていない。

同じようで、その意味は全く違う。

ルイーゼと聖女を混同して考えていたミランダは、今の今までそのことに気付けなかった。

「ルイーゼ！」

冒険者二人の治療を終えて倒れるルイーゼを、アーヴィングが抱き上げる。

「お前は……なんでいつもそうやって、自分ばかりを犠牲《ぎせい》に……ッ！」

今度は見間違いじゃない。

アーヴィングは……泣いていた。人目も憚《はばか》らずルイーゼを胸に抱き寄せ、涙を零している。

「……お前も、お前も、お前もお前も——全員、クソ野郎だ！」

アーヴィングは騎士やミランダ、怪我を負っていた冒険者までをも睨みながら叫んだ。

「誰もが平和を謳歌《おうか》できていることを！　それがなんの犠牲《ぎせい》の上に成り立っているのかを、まるで分かっていない！」

「どういう……意味だい」

「聖女の力を使うたび、ルイーゼは寿命を削ってるッ！　誰にも理解されず、それでも国を守ろうとたった一人で戦っているんだ……」

(——アタシは、とんでもない勘違いをしていたみたいだね)
ア、アーヴィングは聖女否定派だが、ルイーゼの敵ではない。
そのことに、ミランダはようやく気がついた。

▼

聖女ルイーゼを投獄してから四日目。

主に教主のせいで予定外に鬱屈《うっくつ》した日々を過ごす羽目に陥っていたニックだったが、今日は晴れやかな気分で一日を終えようとしていた。

「ふふ。今日は大躍進と言ってもいいだろう」

まず、あの口がよく回る教主との話し合いに決着がつき、引き下がらせることに成功した。

それが最たる理由ではあるが、他にも嬉しい報告がたくさんあった。

王位継承権が上の兄たちを陥れる作戦も準備万端。合図すればいつでも――という状態だ。

唯一、腑抜けた冒険者のせいで魔物が騒いだことが懸念点だったが、対策はちゃんと打っている。

騎士を投入しておけば魔物などものの数ではない。

もうすぐ無事に討伐を果たしたと報告が来るだろう。

あとは聖女だが――他への根回しが済んだ今、律儀に七日も待つ必要はなくなった。

「明日にはケリを付けてやる」

聖女の傍には、やれと命じるだけでいつでも勝負を終わらせる騎士を配置している。

これは卑怯《ひきょう》な手ではない。既に勝ち負けの分かっている勝負を、少しばかり早めるための知恵だ。

「戯《たわむ》れは終わりだよ、聖女……いや、元聖女ルイーゼ」

これほど晴れやかな気分を味わうのは久方ぶりだと、ニックはしばらく絶っていたワインに口を付けた。

勝利の余韻が彼を酔わせているのか、これまで飲んだどのワインよりも美味しく感じた。

「王子。あまり飲まれては明日に差し障ります」

「大丈夫だ。騎士からの報告が来ればすぐに止める……しかし遅いな」

「そうですね。さすがにそろそろ来てもいいと思いますが」

執事と共に首を傾げていると、扉を乱暴に開き、待ちわびた伝令が部屋に飛び込んできた。

不躾な登場に普段のニックなら間違いなく怒鳴っていたが、上機嫌に酔っているせいで些細なことは気にならなくなっていた。

「おお、よく来た。戦況を聞かせてくれ。ま、大勝利なのは聞くまでもないんだが——」

「敗北しました」

「やはり伝令の口からちゃんと伝え聞いて——は？」

伝令は悲痛な面持ちで頭を下げたまま、一気にまくし立てた。

「騎士四十名中、重傷八名、軽傷二十八名。無事だったのは四名のみ——任務は失敗です！」

——酔いが一気に覚めた。

「おい、おいおいおいおいおい、何を言ってるんだ？」

伝令は理解できる言語を話している。なのにニックは、言葉の意味が分からなかった。

騎士たちはそれぞれ鍛《きた》え抜かれた鋼の肉体と、国に忠誠を誓う高潔な魂を持っている。

それを固めるように、一般人ではおいそれと手を出せない強力な武器と防具に身を包んでいる。

故に、敗北はない。

だというのに、伝令の口から出た言葉は——ありえるはずのない敗北だった。

「スライムは剣での攻撃が全く効かず、腐食液を吐くようになっていました。鎧《よろい》が溶けるほどではありませんが、その下は……」

伝令は、次々と信じられないような報告を続けた。

「ゴブリンは組織だって行動するようになり、罠や誘導、こちらの言葉を理解するような素振りもあったとのこと」

「……待て」

「オークは攻撃性を増し、人間を見ただけで襲ってくるようになりました。あの巨体から繰り出される突進を防ぐ手はありません」

「……やめろ」

「ワーウルフは俊敏性《しゅんびんせい》を増し、ゴブリンほどではありませんが群れで意思疎通を交わしながら行動するようになりました。あのスピードは、騎士の鎧《よろい》を着たままでは避けようがありません」

「……聞きたくない」

「ギガンテスは目でこちらを追うようになりました。命中率が格段に上がり、唯一の弱点である目にも剣が通りません」

「……聞きたくないと言っているだろぉ！」

「王子、もはや認めざるを得ません。聖女の祈りは本物です。すぐに祈りを再開してもらうよう、謝罪を――」

「黙れぇ！」

ニックは護身用の小刀を抜いた。

「王子、おやめください！」

執事の静止も無視し、それを力任せに振り下ろす。

しかしそれは、伝令に刃が当たる寸前で止められた。

「しょ——将軍!?」

ニックの凶刃を受け止めた人物は、王国の軍事のすべてを担《にな》う人物——将軍だった。

彼は普段から厳しい顔をさらに厳しくして、低い声でこう告げた。

「夜分に申し訳ありませんニック王子。国王陛下がお呼びです」


——玉座の間。

貴族や名のある商人、腕のある冒険者が国王から勲章《くんしょう》を賜《たまわ》る時に使用される部屋だ。他国からの使者との話し合いも行われるためか、城の中でもひときわ豪奢で、ひときわ広い造りになっている。

天井は高く、それを支える柱一つ一つにも意匠《いしょう》を凝《こ》らした彫り物が刻まれている。赤い絨毯《じゅうたん》はいつ来ても年月の経過による色の劣化を感じさせない。最上階に近い場所に設けられた窓からは城下を一望できる。

広いぶん夜は光源が乏しく、昼とは全く別の陰りを見せていた。どこかおどろおどろしい雰囲気を孕《はら》んだ部屋の奥には数段だけ階段が作られ、その先に玉座がある。

玉座に座り込み、杖をつく老人。

彼こそがニックの父であり、現国王であるギルバート・スタングランドだ。年齢以上に老けてはいるが——鋭い目だけは一切の衰《おとろ》えを感じさせない。

小さい頃から、ニックはその目がとても苦手だった。

部屋に到着するなり、将軍は足早に定位置である王の背後へと戻った。

ニックは震える足を悟られないよう、片膝をついた。

「に、ニック・スタングランド。招集に応じ――」

「前置きはよい。儂《わし》に何か言わなければならないことがあるのではないか？」

口上をばっさりと切り捨てられ、ニックはここに来るまでに用意した言い訳を出した。

「よ……予定していた図書館の建設は順調です。土地を確保し、現在は職人と収納する書物の選定を――」

「聞き方を変えようか、ニックよ」

ギルバートは緩慢な動きでコツ、コツ、と杖で床を叩いた。

絨毯《じゅうたん》のくぐもった音が、ニックを責めているように思えた。

「今朝のことじゃ。下級騎士が冒険者から依頼書を奪い取る暴挙に出た挙げ句、魔物相手に醜態を晒《さら》した」

「……ッ」

「病床のこの身を差し置いて出撃を命じられるのは将軍ただ一人。儂《わし》はすぐに彼を呼び寄せ、何事かと問い質した」

ギルバートはもちろんのこと、将軍も厳しい視線をニックに向けている。

「すると将軍は儂《わし》にこう言った。『王の委任状を預かった代理人』が、派兵を命じたとな」

将軍に身体を支えられながら、ギルバートが立ち上がった。

ゆっくりと、一段ずつ階段を降り――ニックに近付いていく。

「不思議な出来事はまだある。聖女が『王の委任状を預かった代理人』により、現在別所にて祈りを絶っていると言うではないか」

「……っ！」

「その代理人とやらは――ニック、お主じゃ。もちろん儂《わし》はそんなことを任せた覚えなどない」

震えが。身体の震えが、止まらない……！

「儂《わし》も耄碌《もうろく》しておってな。図書館の建設に対しての委任状をお主に預けたことは記憶しておるが……聖女と騎士に関しては、何も覚えておらん」

ヒュー、ヒュー、と荒い呼吸音が聞こえてくる。

ギルバートは胸を患《わずら》っているが、その原因は病魔ではない。最も信頼と期待を寄せていた第四王子が急逝《きゅうせい》したことによる、心の病だ。

「儂《わし》の記憶違いなら、このような時間に呼び立てたことを詫《わ》びよう。だから教えてくれんか？　我が息子ニックよ」

ニックがこの世で最も苦手とする『目』が――彼が映っていることが分かるほどの距離で、睨み付けてくる。

（ななな何か、何か何か言い訳を考えなければ……！）

「どうした？　この老いぼれの記憶違いであると、そうならはっきり言ってくれんか？　なぁ！」

「も、ももも――申し訳ありません！」

思考とは裏腹に、ギルバートの目に射竦められたニックは床に頭を付けていた。

幼少の頃から父が絶対の存在であると教えられてきた身体が――彼の意思に反して勝手に動く。

「……それは、委任状の不正な流用を認めるということか？」

（認めるな！　言い訳を考えれば起死回生の手段はまだある――！）

「陛下、それは……それは、違います」

「なんじゃと？」

「陛下、聖女は我が国にはもはや不要です。ご覧ください」

ニックは足を無様に震わせたまま――この際、見栄えなどどうでもいい――窓を開け放った。

「我々スタングランド一族が築き上げてきた王国です！　父上の尽力により国力が増強した今、魔物など取るに足らぬ相手！　聖女などという偶像はもはや必要ありません！」

「……」

「今こそ聖女を追放し、教会を解体する時が来たのです！　私は国の将来を――」

「言いたいことはそれだけか？」

「憂う――え？」

「言いたいことはそれだけか、と聞いておる」

誰かに手を借りなければ歩くことも覚束ない老人が、ニックの目には、今にも喉元に噛みついてきそうな猛獣に映った。

「この――大たわけがぁ！」

「はぐ!?」

杖で頬を殴られ、派手に床を滑るニック。震えて文字を書くことすらままならないギルバートの手が、何度も、何度も彼を叩く。

「たわけ者！　たわけ者！　たわけ者！」

「ごめんなさい！　ごめんなさい！　ごめんなさい！」

ニックは亀のように縮こまり、嵐が過ぎ去るのを待つことしかできなかった。

「――陛下。そろそろお控えください」

将軍が怒りと身体の痛みで胸を押さえるギルバートを止め、薬を差し出した。それを奪い取るように呑み下し――彼は、大きく、大きく息を吐いた。

「やはりあの事故以来、王子たちを国外に出さなかったのは失敗じゃったか……よもやこのような愚息に育ってしまうとは」

七年前。国外で見聞を広めたいという第四王子の願いを聞き入れ、ギルバートは同盟国へと彼を留学させた。

――その道中で事故に遭い、あっさりと第四王子は帰らぬ人になった。

彼こそ、最もギルバートが次期国王に求めていた人物だ。

最愛の息子を失ったギルバートは心を病み、そこから一気に体調を崩しはじめた。

「へ、陛下！　どうかお聞き入れください！　聖女の祈りは不要であると」

「愚か者めが。聖女は魔窟《まくつ》を封じるために必要不可欠な人柱じゃ」

「数々の文献が……え？」

「ここスタングランド王国は聖女を囲い、逃がさないための檻《おり》。それ以上でもそれ以下でもない」

檻《おり》。

国のことを指して、ギルバートはそう表現した。

「限られた人物にしか伝えなかったことが、よもやこのような出来事を招いてしまうとは……」

王が手を上げると、何処かに潜んでいた兵がニックの両腕を押さえた。

「何をする！　痛い痛い！」

「その者を牢《ろう》へ放り込め。沙汰はこの事態を収束させてから追って伝える」

「陛……父上ぇ！」

手を伸ばすニックを、ギルバートは一瞥《いちべつ》もしようとしなかった。

「現時刻を以《もっ》て非常事態宣言を行う。非戦闘員を全員、東の地区から退避させよ！」

過去

——何もかもがはっきりしない。目を開けているつもりなのに視界は真っ暗で、近くにいるだろう誰かの声だけが細切れに聞こえてくる。

「……ゼ、ルイーゼ、目を……て、くれ」

「安静に……れば……目……覚ます。いつま……メソメソす……ないよ」

(――誰だろう)

ルイーゼはいつも以上に愚鈍になっている頭で考察する。

一人はミランダの声で間違いないが――もう一人は？

アーヴィングの声に似ているが、彼がこんな泣きそうな声を出すとは思えない。

(分かんないや)

ルイーゼはすぐに思考を手放した。

視界はゼロだが不安はなく、むしろ心地よさすら感じさせてくれる。全身をぬるま湯に包まれたかのようにふわふわしていて、彼女は漂うような感触を楽しんだ。

ゆらゆら。ゆらゆら。

まるで湖を漂う流木の気分だ。

このまま意識ごとどこかへ行きそうになる。あくまで感覚なので、どこに行くも何もないが――イメージとして、そんなことを考えていた。

完全に目が覚めるまで、真っ暗な意識の中をたゆたう。

思考すらも放棄して、流れに身を任せようとした時。

手に触れる感触に気が付いた。誰かの手のぬくもり。それが右手を通して伝わってくる。

(誰だろ)

再び考える。ミランダではない。彼女の手はもっと大きくてゴツゴツしている。

消去法で言えばアーヴィングしかいないが、やはりルイーゼは首を横に振る。

彼は聖女《ルイーゼ》を嫌っている。近付いただけで睨むのだから、こんなに優しく手を握ることはしないはずだ。

(――じゃあ、誰なの?)

再び原点に戻る。だが、いくら考えても答えが出ることはなく――ルイーゼは疑問も放棄して、手の感触を味わうことにした。

優しくて温かい、包み込むような手。小さい頃から、このぬくもりをずっと追い求めていた。

ずっと――ずっと。

▼

二十年前。

ルイーゼは男爵家の三女としてこの世に生を受けた。五体満足で、発育の遅れなどもない極めて『普通』の子供だった。

しかし、彼女を取り巻く家庭環境は、その頃から『普通』ではなかった。

兄や姉の後を追いかけながら幼少期を過ごす。

「ほらアリーゼ。走ったら危ないわ」

母は走り回る一つ上の姉をしっかりと抱きしめた。

この時のルイーゼはまだ五歳。自我が芽生え始めたとはいえ、まだまだ人肌恋しい年頃だ。

「は、ははうえ。わたしもっ」

──しかし、彼女の母がそれに応えることはない。そして返事はいつも決まっていた。

「ルイーゼ。あなたはいいの」

「ぁ……」

この時点で兄や姉たちはみな優れた才能の片鱗を見せており、輝かしい将来は半ば約束されていた。

みな両親に愛されるために努力している──実際はどうであれ、ルイーゼの瞳にはそう映った。

(もっと、がんばらないとっ)

ルイーゼは自分を奮い立たせ、いろいろなことに挑戦するようになる。

綺麗な絵を描き上げて褒《ほ》められている姉の姿を見て、彼女も絵の練習を始めた。

「ルイーゼ。何をしているの?」

これまで理由がなければ話しかけてこなかった母が、ルイーゼに声をかけた。それだけで舞い上がってしまいそうな気分を抑えながら、絵を描こうとしていると説明した。

「そう。すぐに止めなさい」

「えっ……。でも、お姉様のように絵を……」

「ルイーゼ。あなたはいいの。すぐに片付けなさい」

おそらく母は、絵の才能がないことを瞬時に見抜いたのだとルイーゼは思うようにした。

練習しても意味がないから、他のことに取り組めと言ってくれているに違いない。

ルイーゼはあっさりと絵を諦める。


ある日、剣術で優れた成績を上げた兄を父が褒《ほ》めていた。

それを見たルイーゼはすぐに木刀で素振りを始める。

「ルイーゼ。何をしている」

「ち、父上っ。あの、剣を始めたくて」

「すぐに止めろ」

「えっ。でも、お兄様のように剣術を……」

「ルイーゼ。お前はいいんだ」

それ以外にもルイーゼは、いろいろなことで褒《ほ》められる兄たちを見ては同じように真似をした。

算術、魔法、陶芸、彫刻、乗馬。

しかし彼女の両親は、ルイーゼが何かを始めるとすぐに止めるように言ってきた。

二人ともルイーゼに才能がないことを自分以上に知っている。だから『他のことを頑張れ』という意味を込めて止めるように言っていることも分かる。

だが、彼女がなんの才能を持っているかは教えてくれなかった。

両親のどちらも、ルイーゼを理不尽に叱るようなことはしない。

これまで一度たりとも怒鳴られなかった代わりに、すべてに対し無関心だ。

努力も、失敗も、結果も、挫折《ざせつ》も。

何をどうしようと、「お前はいい」と言われるだけ。

男爵令嬢であるからには、何かしらの期待を掛けられるのが普通だが……三女というとてつもなく微妙な出自であれば話は別だ。

両親はルイーゼに一切の期待を持っていない。そんな彼らを見習うかのように、兄も、姉たちも無関心になっていく。

後ろをついて迷惑がられるようなことはないし、ルイーゼが困っていれば助けてくれる。

しかし、その先の交流がない。

愛されていない訳ではない。食事を抜かれるようなこともないし、他の兄姉より劣ったものを出されることもない。それが逆にルイーゼを悩ませ、苦しめていた。

(私の努力が足りていないだけ。もっと——もっともっと頑張らないと!)

兄も姉も、日々努力を重ねている。彼らより劣る自分が何もせず愛してもらおうとは虫がよすぎる。悪いのは自分だ。

兄にも姉にも真似できない、自分だけができることをしよう。もっともっと、みんなのためになることをやろう。

そのためには何をすればいいか。日々考え、試行錯誤しているうち十三歳になった。

その頃には、ルイーゼは周囲から浮いた存在になっていた。

『気まぐれに好きなことをしてはすぐに飽きる能天気娘』と、使用人たちに陰口を叩かれるようになっていたが、甘んじてそれを受け入れていた。

すべては結果を出せない自分が悪いのだから。

何をしようと両親が満足する結果を出すことができない。

思い悩むルイーゼだったが、後継者を探している聖女の登場により、大きな転機が訪れた。

「ルイーゼ・グリーンウォルド。適性あり」

「――え」

神官の言葉が信じられず、ルイーゼはぽかんと口を開けた。

聖女に対する感謝の気持ちは持っていたものの、特別厚く信仰していたわけでもない自分がなぜ――という疑問しか湧いてこない。

そんな彼女の困惑を余所《よそ》に、両親はとても喜んだ。

「よくやった、ルイーゼ」

「偉いわ、ルイーゼ」

あれだけ無関心だった二人が、初めてルイーゼの目を見て褒《ほ》めそやした。

自分が選ばれた理由などどうでもよくなるほど、その言葉は彼女の脳を痺《しび》れさせた。

そして確信する。聖女こそ、自分が成すべきことである、と。

「喜ぶのは早いよ。聖女になるための心構えってモンをこれから教える」

喜びを噛みしめるルイーゼに冷水を浴びせるような声で、妙齢の女性が言い放った。

彼女こそ現聖女のクラリスだ。

「その中で嫌だと思うことが一つでもあれば、この話はナシだ」

「……っ！　はい」

両親がこれだけ喜んでくれたのに「聖女になれませんでした」では顔向けができない。

二人の落胆した顔が脳裏をよぎり、背中を冷たい汗が流れた。

「隣の部屋、借りるよ」

ルイーゼの父に断りを入れてから、聖女クラリスは顎をしゃくった。

「ついて来な」

彼女の見た目から年齢を想像するに、三十代くらいだろうか。

少なくとも母よりは若く見えたが、杖をつきながら歩行している。

（ご病気、なのかな……）

「さて――最初に、聖女になるためにやらなければならないことを伝える」

別室に移動すると、神官二人がルイーゼを取り囲む。肩を縮こまらせながら、聖女クラリスの言葉を聞き漏らさないよう耳に意識を集中させる。

「まずは家族との別離。家名は捨ててもらうよ」

（え……お父様やお母様と……会えない？）

両親に愛されたくて聖女になる決心をしたのに、それでは本末転倒だ。

しかし、聖女以上に姉たちと差別化を図れる『褒《ほ》めてもらう方法』が思い浮かぶはずがない。

これまで散々試して、何一つできないことは骨身に染みて理解している。

それに——ここで断れば、両親に落胆される。一度褒《ほ》められる味を知ってしまったルイーゼは、もう「お前はいい」と顔を背けられる痛みに耐えられる自信がなかった。

「分かり、ました」

「次に、技の継承。これは七日で覚えられる」

「え……たったそれだけで？」

聖女が行う封印の祈り。実際に何をするのかは知らないが、何年も修行を重ねた末にようやく体得できるもの……というイメージがあった。

技の継承は実に簡単で、国境付近の小屋で一週間過ごすだけだという。

「その間、苦痛に苛《さいな》まれる。それをたった一人で耐えることも試練の一環だ」

「分かりました」

どの程度の痛みなのかは想像しかねるが、一般的に男子よりも女子のほうが痛みには強い……と、屋敷のメイドたちが言っていたことを思い出した。

（大丈夫だよね……たぶん）

「最後に。聖女の寿命について」

「クラリス様。それ以上は——」

「遅かれ早かれ知ることだ。あたしは詐欺師になりたくないんだよ」

聖女クラリスは神官を杖で遮り、聖女の『寿命』に関して語りはじめた。

魔法を使うために魔力を消費するように——聖女が起こす奇跡にも、代償が必要になる。

それが寿命。

命を燃料とすることで、魔法では不可能な、様々な奇跡の発現が可能となる。

「中でも封印の祈りは消費量が半端なく多い。それを毎日行わなければならない……この意味が分かるか？」

「聖女は、長く生きられない……」

「そうさ。今のところ最高記録はあたしの十八年。お前なら十年持てばいいほうだろう」

それを聞いて、ルイーゼは彼女が杖を必要とする理由をなんとなく察した。

十年後、ルイーゼは二十三歳になる。

その年齢で杖をつく自分を想像していると、聖女クラリスは身をかがめて凄んできた。

「恋人も作れない。子も成せない。ひたすら毎日岩っころに頭を下げるだけの生活だ。それでもお前は、聖女になりたいか？」

「なります。ならせてください」

「……即答、ときたか」

よほど意外な返答だったのか、聖女クラリスは眉間に皺を作った。

光を通さないほど黒い髪がとても綺麗で、ルイーゼは思わずその姿に目を奪われる。

「あたしの説明を聞いていたか？　聖女なんて痛いし辛いし早死にするし、いいことないぞ」

「でも、なりたいんです」

「どうして？」

「それは……」

不純な動機——家族に愛されたい——を言うと聖女になれないかもしれない。

ルイーゼは咄嗟《とっさ》に別の言い訳を用意した。

「人の……人のためになることがしたいんです」

「別に聖女である必要はないんじゃないか？」

「聖女になったら、たくさんの人を幸せにできますよね」

「幸せにはできない。ただ、不幸は避けることができる」

「それです。それがしたいんです」

「やめとけ。女としての幸せを棒に振ってまで聖女がしたいなんざ、絶対に後悔するよ」

（なんなの……この人）

聖女を探しに来たというのに、いざ聖女になりますと表明したらやめておけと言う。

適性はある。理由も、表向きだがまともなものだ。

意味が分からず、ルイーゼは胸中で眉を寄せた。

「クラリス様。こう言っておられることですし、ここは彼女を後継者に」

しばらく押し問答を続けていると、見かねた神官がそう進言した。

聖女クラリスはルイーゼを睨みながら、とてもとても大きな舌打ちをした。

「……お前、頑固って言われるだろ」

飽きっぽいと散々陰口を叩かれているが、そんな風に言われたのは初めてだ。

聖女クラリスは懐《ふところ》から葉巻を取り出し、指で弾いて——魔法か何かだろうか——火をつけた。

「あの、この部屋禁煙なんですけど……」

「知るか」

苛立《いらだ》たしげに杖で床を叩きながら、聖女クラリスは紫煙を燻《くゆ》らせる。

「よし——こうしよう。まずは三か月、見習いとしてあたしの仕事を手伝ってもらう。その後、改めて聖女になりたいかを聞く」

まだ本決定ではないようだ。ルイーゼが『できない子』だと知れば、聖女クラリスも彼女を見限ってしまうかもしれない。

決して油断はできない。死に物狂いで努力し、次の聖女に相応しいことをアピールしなければ。

ルイーゼは自分を奮い立たせるように力強く頷いた。

「はい、師匠！」

「師匠、だと……？」

タバコを素手で握りつぶし、聖女クラリスはルイーゼの額を指で弾いた。

「おかしな呼び方をするな。あたしのことはクラリスと呼べ」

額を押さえるルイーゼに、まるで唾《つば》を吐きかけるように彼女は言い放った。

——これが現聖女であるルイーゼと、先代聖女であるクラリスとの出会いだ。

「ところでお前、名前なんつったっけ」

「ルイーゼです」

「ルイーゼ。聖女の朝は早い。しっかり寝とけよ」

馬車で教会に到着したルイーゼは、教主と神官長に挨拶をしたあと、歴代聖女たちが使っているという由緒正しき部屋へと案内された。

なんとなく上品な部屋を想像していたが……中は想像以上に質素だった。むしろ……

「汚い」

部屋のあちこちに酒瓶が転がり、ベッド脇のサイドテーブルには灰皿の上に吸い殻が山のように積み上がっている。煙草の煙で壁は汚れ、部屋全体から嫌な臭いが漂っている。

これならまだ自分の部屋のほうが綺麗だったと自信を持って言えるほどだ。

「贅沢言うな」

「あでっ」

杖で頭をコツンと叩かれる。

クラリスはベッド脇にある酒をぐいと飲み干し、そのまま横になった。

彼女のベッドの隣にはルイーゼ用の布団が用意されている。

「あの、師しょ――クラリスさん」

彼女の眉間に皺が寄りかけたところで、慌てて言い直す。

「なんだ」

「その……部屋の掃除とか、やってもらえないんですか？」

聖女はスタングランド王国を守護する存在だ。ならば部屋くらいは誰かが綺麗にして然るべきではないだろうか――そんなルイーゼの疑問を、クラリスは鼻で笑った。

「あたしはこの状態が気に入ってんだ。掃除なんてさせるもんか」

「はぁ……」

「いいからとっとと寝ろ。寝坊したらぶっ飛ばすからな」

言うが早いか、クラリスはそのまま寝入ってしまった。


翌朝。

起床時間はとうに過ぎているにもかかわらず、あれだけ寝過ごすなと凄んでいた当の本人は、いまだベッドの上で眠っていた。

見事なまでの寝坊だ。

「クラリスさん、クラリスさん」

仕方なく揺り起こしてみても、一向に起きる気配はない。

もうすぐ六時。祈りを捧げる時間だ。

（待って待って。このまま起きなかったら、すごくマズいんじゃない……？）

「起きてください、クラリスさーん！」

慌てたルイーゼが、強く揺さぶりをかける。

「……っ」

寝息もほとんど立てず死んだように眠っていたクラリスの目が、いきなりパチリと開いた。

「わぁ⁉」

あまりにも急だったので、ルイーゼは驚いて尻餅をついてしまった。

「あ──お、おはようございま……」

気を取り直して挨拶をするが、それを無視してクラリスはベッドから下りる。

ちらり、と黒い髪の隙間から横顔が見えた。唇を真一文字に結び、真剣な目をした彼女は──まるで戦いに行く直前の騎士のようだった。

空気がピシリと張り詰め、ルイーゼは思わず唾《つば》を呑み込んだ。

「あの、クラリスさん……何を」

「……」

尋ねてみても返事はない。

(もしかして、起こし方が下手だったから怒ってる……?)

不安にかられながら様子を窺《うかが》っていると──あろうことか、彼女はいきなり服を脱ぎ出した。

思わず両手で顔を覆いながら、ルイーゼは自分の存在をアピールする。

「あ、あのあの！　私いるんですけど⁉」

そんなことは知ったことではないと言わんばかりにすべての服を脱ぎ捨て、クラリスは布で身体を清め始めた。

あまりに突然の行動に、ルイーゼは言葉を失う。

清拭が終わると、脇に用意されていた服に着替える。黒髪のクラリスによく似合っていて、あの言動にさえ目を瞑《つむ》ればどこからどう見ても立派な――実際、そうなのだが――聖女だ。

部屋の中央に移動した彼女は、膝をついて目を閉じた。

（え？　こ、これって……）

――ようやくルイーゼは、それが聖女の役目である『祈り』だということに気が付いた。

時間にすれば十分程度だろうか。

「……きれい」

ルイーゼはただただ、真摯に祈りを捧げるクラリスの姿に見蕩れていた。

やがて祈りが終わると、クラリスは我に返ったように表情を取り戻して舌打ちした。

「チッ……またやっちまった……」

見習いになったとはいえ、明確な仕事はない。

クラリスの後を追いかけつつ、足の悪い彼女を時折介助するのみだ。

どんな過酷な仕事でもこなしてみせると意気込んでいただけに、拍子抜けしてしまった。

「聖女様。ありがとうございます、ありがとうございます」

「治ったんならとっとと消えろ」

治療を施した相手に礼を言われても、クラリスは一瞥《いちべつ》もせずにそう吐き捨てる。

相手が貴族であろうと、商人であろうと、冒険者であろうと、その姿勢を崩すことはなかった。

幾人もの病気や怪我を治しているうちに太陽は姿を潜ませ、二人は教会に戻った。

「お前、名前なんつったっけ」

「ルイーゼです」

名前を聞かれるのは二回目だ。どうも彼女は人の名前を覚えないタイプのようだ。

神官相手にも「オイ」とか「そこの」としか言わないので、おそらく間違いないだろう。

一日接しただけでなんとなくその人柄は透けて見えた。

「さ、風呂だ風呂」

「……」

介助も兼ねて、今日から一緒に入浴することになった。

タオルで身体を包むことで最低限の防御を施すが、それでも他人と入るのは気恥ずかしい。

クラリスはというと、何も巻かず生まれたままの姿を惜しげもなく晒《さら》していた。

年相応に衰《おとろ》えている部分はあるものの、総じて美しい体形を保っている。

(大きい……)

どこが、とは言わないが、立派なものを持っている。

なぜか、とは言わないが、うらやましい。

(って、ジロジロ見てちゃダメよね)

見過ぎはダメだと自分に言い聞かせ、ルイーゼは彼女の手を取った。

「クラリスさん。こちらです」

「ん……オイ、なんだそのタオルは」

「これはその、恥ずかしいので……」

「女同士に恥ずかしいもクソもあるか。取れ」

「か、返してください！」

タオルを剥《は》ぎ取られ、ルイーゼは顔を真っ赤に染めた。取り返そうと手を伸ばすが、クラリスはニヤニヤ笑いながらタオルを高く上げる。

手を伸ばされると、身長の低いルイーゼでは手の打ちようがない。

「ほらほら、手で隠すなって。どんな立派なモンかあたしが見て……や……」

ルイーゼの胸に目を向けたクラリスは、途端に言葉を窄《すぼ》ませた。

奪ったタオルを乱雑に巻き直してから、気まずそうに苦笑いする。

「………。その……なんだ。悪かった。気を落とすなよ」

「なんですか、その哀れむような目は⁉」

「悪気はないんだ。最近のガキは発育がいいって話だったから。まさかそんな残念だなんて」

「残念ってどういうことです⁉ ちょっと、目を逸らさないで！」

「あたしも昔はちっちゃかったし、まだ成長の余地はある。諦めんな。な？」

「なんで慰めるんですか⁉ 止めてください、ヨシヨシしないで！」

なぜか優しく頭を撫でるクラリスの手を振り払う。

（もうヤダこの人！）

「くっくっく……あはははは！　面白いなぁ」

「私は全然面白くないですけど!?」

腹を抱えて笑うクラリスとは対照的に、ルイーゼは怒りに肩を震わせた。

クラリスの背中を流し、二人で一緒に湯船に浸かる。

聖女専用の浴室なので、広い浴場の中をたった二人で貸し切っている状態だ。

「ふー。久しぶりに心から息抜きができたぞ」

普段は女性神官に入浴を手伝ってもらっているらしい。

なんとなく神官とクラリスはあまり仲が良くないのでは……とルイーゼは感じていた。互いにどこか素っ気ない——『仕事上の付き合い』といった雰囲気があった。

「お前のおかげだ。ありがとな」

「い、いえ……私は何もしてません」

「そうだな」

「そこは嘘でも『ちゃんと役に立ってたぞ』とか言うところじゃないですか？」

ルイーゼが半眼で睨むと、クラリスは湯を手で叩きながら豪快に笑った。

「お前面白いな……悪くない」


夜の祈りを済ませたクラリスは、そのまま寝床で酒を飲み始めた。

どうやら飲酒が彼女の日課らしい。

「なぁ、ペッタンコ」

「ルイーゼです！」

「聖女なんてやめとけ。ロクでもないぞ」

ロクでもないのはあなたでしょう——そう言いそうになる口を、気合いで押さえ込む。

「本当に、クソみたいだ。こんな……こん、な……」

クラリスのほうから話しかけておきながら、ろくに喋らないまま目を閉じてしまった。

——確かに、聖女は大変そうだ。

いろいろな場所に行っては人々を治療し、決まった時間になれば祈りを捧げる。

今日はなかったが、様々な式典にも参加しなければならないらしい。

なんの取り柄もない自分にできるだろうか——不安がよぎる。

しかし、それ以上に『やってみたい』という気持ちのほうが大きくなっていた。

自分の存在価値を見出すため聖女見習いになったが、神聖な雰囲気を纏い、懇々《こんこん》と祈りを捧げる
クラリスを間近で見た瞬間、そんな不純な動機はどこかへ吹き飛んでしまっていた。

日常生活は——彼女の言葉を借りるなら、本当にクソみたいな人物だ。

しかし、聖女として振る舞っている間の彼女は、ルイーゼの瞳にはとてもかっこよく見えた。

聖女になりたいという目標はそのままだが、その動機は全く別のものへと変化していた。

「クラリスさん。私は……あなたのような聖女になりたいです」

我ながら単純だと自嘲《じちょう》しながら、クラリスに布団をかけて自分も寝床に入った。

▼

あっという間に見習い期間の三か月が過ぎた。

——三か月後、改めて聖女になりたいかを聞く。と、クラリスは言っていた。

もちろんその気持ちに変わりはなく、むしろクラリスを目標にすることでより強くなった。

しかし三か月経っても、彼女からの問いかけはなかった。

ルイーゼが催促しても「まだ待て」、「考え中だ」と、のらりくらり、はぐらかされる。

見習い失格なのだろうか。何か落ち度があったのだろうか。悶々とした日々を過ごしていていると——とうとう、その時が来た。

「ルイーゼ。本当に——本当に、聖女になりたいのか?」

ルイーゼの答えは、決まっていた。

「はい」


聖女継承の日。

その舞台となる場は、国境に面した山奥にある。

詳しい場所は伝えられず、ルイーゼは目隠しをしたまま一時間ほど馬車に揺られた。

ある程度まで進み、そこから先は徒歩だ。馬車では行けない場所にあるらしい。

目隠しのせいで真っ直ぐ歩けないので、神官に背負ってもらう。

杖をつくクラリスの歩行速度に合わせてか、牛歩のような進みだった。

「大丈夫ですか？」

「人の心配なんざしてる暇ないぞ。今のうちに覚悟を決めとけよ」

山道を歩くこと三十分ほど。ようやく目的地に到着した。

眩しさを感じながら目隠しを外《はず》す。ずっと暗闇の中にいたせいか、日光はそれほど強くないのに思わず目を細めてしまう。

まぶたを瞬《しばたた》かせていると、こぢんまりとした小屋が見えた。

「これが……」

「そう。継承の場だ」

てっきり神殿のようなものを想像していたが、崖《がけ》の麓《ふもと》という物騒《ぶっそう》な場所に建てられている以外はなんの変哲《へんてつ》もない石造りの小屋だ。

上は街道のようだが、浅いネズミ返しのようになっている崖《がけ》の構造上、のぞき込みでもしない限りは小屋の存在に気付けないだろう。

この中に入り、聖女の技を継承する。その期間は一週間。儀式の最中は高熱と苦痛に苛《さいな》まれるが、一人で耐えなければならない。

儀式を終えることで、ルイーゼは晴れて聖女になれる。

外のイメージと違《たが》わず、中も質素なものだ。

ざらりとした石造りの床。ささくれだった感触のある鉄の扉。窓はなく、奇妙な光沢を放つ壁には時計がぽつんと掛けられていた。

部屋の隅には一週間分の食糧が置いてあり、それ以外は何も——寝床すらも——ない。

「扉は魔法で封じさせてもらう。途中で止めることはできないよ」

「大丈夫です」

「助けを呼んでも誰も来ない。仮に死ぬようなことがあっても、だ」

「はい。覚悟の上です」

意気込むルイーゼに、クラリスはなんとも言い難い表情を作った。

ルイーゼがこれまでに見たことのない顔だった。彼女に限ってそんなことはないだろうが……辛そうというか、泣きそうになっているように見える。

「……じゃあ、やるよ」

クラリスは小さく何かを口ずさんでから、ルイーゼの額に唇を付けた。

温かい彼女の体温とは別に——何かが、流れ込んでくる。

「はい、じゃあ一週間後にな」

「え、これだけですか？」

継承の儀式とやらは、今の一瞬の動作で終わりらしい。

想像していたような苦痛はなく、ルイーゼはなんだか肩透かしを食らったような気分になった。

「これはあたしからのアドバイスだけど……食いたくなくても、胃には何か入れるように。あと、時間をしっかり確認しときな」

「はぁ……」

よく分からない助言をされ、ルイーゼは曖昧《あいまい》に頷いた。

クラリスは「じきに分かる」とだけ言って、彼女の頭を撫でる。

「ここまで来たんだ。頑張りな」

そう言われても、儀式の辛さが全然分からない。

一週間の孤独は寂しいが、ただそれだけで楽なのでは？　と思わざるを得ない。

しかし、クラリスが扉を閉めた直後。ルイーゼの身体に異変が起きる。

「う――!?」

胸に激痛が走り、思わずその場に膝をつく。

心臓が鼓動を刻む度、ナイフを刺されるような痛みが全身に広がる。身体が熱くなり、脂汗が床に染みを作った。

「か、は」

膝をついた姿勢すらもできなくなり……ルイーゼは床に倒れた。

石畳の床を、指を立てて歯を食い縛ることで痛みを堪える。

もちろんそんなことで和らぐはずがない。それどころか、痛みはどんどん強くなっていく。

「が、あああああああああ!?」

耐えきれず、ルイーゼは叫んだ。

どれだけ歯を食い縛っても、どれだけ爪を立てても、痛みは過ぎ去らない。

「ああああああ！　ぎゃあああああああ！」

ルイーゼは床を転がるように暴れ回った。

クラリスが言っていたのはこれかと、彼女は遅まきに理解した。

その状態が三十分ほど続いただろうか。

ひとしきり痛みに慣れた後にやってきたのは、世界が回るような気持ち悪さだ。

「う……うぉえええぇぇぇえええ！」

頭を直接揺すられるような感覚に、朝食を吐き出してしまう。全部出た後も吐き気は収まらず、空嘔吐《からえずき》を繰り返す。

喉が焼けるような痛みと共に酸っぱい液体を吐き散らかした。

（嘘……これが、一週間も続くの？）

あっという間に過ぎるはずの七日間が、今はとんでもなく長く感じた。

「や、やだ……」

こんなものに耐えられるはずがない。しかし、耐えなければ聖女にはなれない。

弱気になりそうな自分の頬を叩き、叱咤《しった》する。クラリスもこの儀式を乗り越え、立派な聖女になった——そう考えると、少しだけ勇気が湧いた。

（時間――そう、時間よ）

ルイーゼは考え方を変えた。一週間という大きな括りで考えるから遠く感じてしまうのだ。考えた末、三時間で一つの区切りをつけることにした。

『三時間耐える』を五十六回繰り返せば、それで一週間が過ぎる。

食糧の中からチーズを取り出し、それを五十六個のカケラに分けた。三時間経つごとにこれを一つ食べていく。

『胃に何かを入れる』と『時間を計測する』を両立できるいい発想だと、ルイーゼは自画自賛した。

「そろそろ三時間かな……」

交互に押し寄せる痛みと吐き気に疲労困憊しながら、時計に目をやった。

「――え？」

正確に時を刻むソレは、儀式が開始してからまだ一時間しか経っていないという残酷な事実を彼女に教えていた。


「――く……クラリスさん、助けてぇ！」

二十四時間を経たずして、ルイーゼは音《ね》を上げた。

痛みも吐き気も身体の熱さも、より強さを増している。こんなものが一週間も続いたら……

（頭がおかしくなる！）

出口の扉にすがりつき、扉を激しくノックする。力いっぱい叩いても、頑丈《がんじょう》な鉄でできたそれは音すらも響かない。それでも誰かに届くと信じ、彼女は殴打《ノック》を続けた。

「そこに居るんでしょ!? ねえ、助けてください! クラリスさん! クラリスさんじゃなくても誰でもいい! お願い、お願い! 辛いの、痛いの、苦しいの……」

まるでルイーゼを拒絶するように、扉は冷たい感触を返してくるのみだった。

やがてゴン、ゴンというノック音に、ぺちゃ、ぺちゃ……という水気が混ざる。

手を見やると、真っ赤な血が溢れていた。

それほどまでに強く扉を叩いていることに、全く気が付かなかった。

苦痛により自分というものが崩壊し、細かくすり潰されていくような感覚。

身体は熱いのに、自分を失うかもしれないという未知の恐怖に身体の奥底は震えていた。

「助けて……誰か、助けてぇ……」

ルイーゼの懇願に応えてくれる者は、誰も居なかった。

おかしくなりそうなほど苦痛な時間を過ごしながらも、ルイーゼはなんとか耐えていた。

三時間の計測を怠《おこた》らない。ただそれだけを念頭に置き、残る雑念はすべて捨て置いた。

何か一つでも拠り所がなければ人は簡単に壊れてしまう。

今の彼女にとっては、チーズを食べることだけが拠り所だ。

三時間経てばチーズを食べる。

三時間経てばチーズを食べる。

三時間経てばチーズを食べる。

食べたくもないし、食べてもどうせすぐ吐いてしまうが『胃には何か入れておいた方がいい』というクラリスの教えを愚直に貫いた。

細切れにしたチーズが全部なくなれば聖女に——なんて考える余裕なんてない。

時計のように正確に時間を数え、チーズを口に放り込む。ただそれだけを目標に部屋の端でじっと痛みを堪えて、堪えて、堪えた。

あれだけの激痛でも、長時間受け続けるとさすがに慣れてくる。痛みが消えた訳ではないが、暴れ回るほどでもない。

……人間の慣れとはとんでもないものだ。四日目には、こうして部屋の角でじっと膝を抱えていられるようになった。

「ふーっ、ふーっ」

自然と荒くなる息を整え、目を閉じる。

身体の内側で暴れる痛み。脳を揺さぶる眩暈《めまい》と吐き気。頼れるものがいない孤独。身体から出る臭い。あちこちにこびりついた血。部屋の角に座ると、それらがすべて気にならなくなる。

実家にいた頃から瞑想《めいそう》を覚えておいてよかったと心の底から思った。頭の中を空っぽにしておけば、孤独は完全に無視できる。身体的な痛みは……慣れと気合いだ。

そうしてルイーゼはチーズを口に放り込み、残る時間は瞑想《めいそう》するということを繰り返した。

チーズの数が残り十六になった時、異変が起きた。

熱を持っていた身体が、さらに熱くなる。まるで炎が身体を焼き尽くそうとしているかのようだ。

負けじと瞑想《めいそう》の姿勢を崩さずにいると——よく知る声がした。

「クラリスさん⁉」

時間を数え間違えていて、実はもう儀式が終わったのかと扉に飛びついた。

しかし、重たい鉄の扉はまだ開かない。

(でも今、確かに声がした)

首を傾げるルイーゼの耳に、再び声が届いた。聞き間違えるはずのない、クラリスの声だ。

振り返ると——跪《ひざまず》き、両手で顔を覆う彼女の姿が見えた。

「う——うあああああ、なんで、どうして」

「クラリス、さん……?」

見慣れたはずの師匠の姿だが、しかしあちこちに違和感があった。

片時も離すことのなかった杖を持っていないし、全体的に今よりも若々しい。

——これは。

彼女の、記憶だ。

これから、聖女たちの記憶の一部が流れてくる。

誰かにそう言われたわけではない。ただルイーゼは『そうである』と理解した。

「私はそんなつもりで聖女になったんじゃないんだ」

クラリスは目の前で横たわる誰かに、必死で語りかけていた。

「ほんの少し、疲れてるアンタを休ませてやろうと思っただけなのに……どうして言ってくれなかったんだ！」

横たわる誰かに対し、癒しの唄《うた》を何度も行う。

あらゆる病や怪我を治すことができるその唄《うた》でも、治せないものがある。

——死んだ人間には、効果がない。

「起きてくれよ……姉さん」

記憶が途切れる。

▼

「就任おめでとう。聖女メリッサ」

「ありがとうございます。お国のため、粉骨砕身《ふんこつさいしん》する所存です」

「いい心がけです。しかし身を入れすぎれば心を壊しますよ」

「大丈夫です。あの、それでですが教主様」

「安心なさい。君の妹はきちんと我々で保護しよう」

「あ、ありがとうございます！」

また、記憶が途切れる。

そんな風に、ルイーゼは幾人もの聖女たちの記憶を俯瞰《ふかん》して眺めた。

聖女の仕事に対する考え方、人生観、何もかもが違う人たちの一部始終を切り取った風景が目まぐるしく入れ替わる。

内容は――クラリスだけは違っていたが――とりとめのない日常会話ばかりだ。

こんなものを見てなんになるんだろうか？　と、首を傾げるような記憶を見ること八回。

「――これから聖女を受け継ぐ者たちへ」

代で言えば二代目聖女に当たる人物は、そこにいないはずのルイーゼに視線を向けた。

「この語りかけも、本当は無意味なのかもしれない。この記憶が見られるかは誰も分からない」

彼女にはルイーゼは見えていない。ふと目を向けた場所に、偶然ルイーゼが居ただけだ。

あまりにも正確にこちらを見てきたように錯覚し、少し驚いてしまった。

試しに手を振ってみるが、当然のように反応はない。

「でも、いつか誰かに届くかもしれない。だから私はこの記憶を残します」

やはりこれは単なる過去の映像だ。今度はどんな記憶を見るのだろうか。

そう思って眺めていると――彼女はまるで、通せんぼをするように両手を広げた。

「これより先――初代聖女の記憶を継承しては駄目。逃げられなくなるわ」

（――どういうこと？　記憶を見ないと、聖女になれないんじゃないの？）

言葉の意味が咀嚼《そしゃく》できず、ルイーゼは首を傾げた。

「すぐに目を覚ましなさい。あなたは騙《だま》されている」

混乱するルイーゼを余所《よそ》に、二代目聖女は矢継ぎ早に言葉を紡いでいく。

「近くに誰かいない？　どんな手を使ってもいい。記憶の継承を止めて！」

「あの、どういう意味ですか？　初代聖女の記憶を継承したらどうなるんですか？」

ルイーゼが質問するが、当然のように答えは返ってこない。

「お願い。目を覚まして。これ以上は駄目。これ以上は――」

ぷつりと、記憶が途切れる。

これより先は――初代聖女の記憶だ。


「――っ!?」

気付けばルイーゼは床の上に寝転がっていた。

時間は――最後に確認してから、九時間ほど過ぎている。

記憶の継承は……まだ途中だ。途中のはずだ。

なのに身体の痛みが引いている。吐き気も、熱っぽさも綺麗さっぱりなくなっている。

「……？　……？」

ついさっきまで見聞きした記憶が、急速に薄れていく。

クラリスの記憶を見た。何か、聞きたいことがあったはずなのに。

二代目聖女の記憶を見た。とても大事なことを言われたような気がする。

受け継いだ記憶が、大切な箱の中に仕舞う前に崩れ、指の隙間からこぼれ落ちていく。

しかし頭の中には、聖女の祈りの方法や――数々の唄《うた》が、しっかりと刻み込まれていた。

（……終わった、の？）

時間的にはまだ六日目の途中のはずだ。なのに、なぜ？

ふと入り口に目を向けると、あれほど頑丈《がんじょう》でびくともしなかった扉が、僅かに開いていた。

「……どういうこと？」

ルイーゼはチーズの個数と時間を再度確認する。どう計算しても、扉が開くにはまだ時間がある。

本当に開くか確認の意味も込めて、ルイーゼはおそるおそる、扉を押した。


太陽の光で世界が茜色に染まる中。視界の先には――ぐしゃりと潰れた馬車があった。

上の崖から落ちたのだと、ルイーゼは直感した。周辺には三人の男が倒れている。

一人は御者らしき人物で、馬車本体の下敷きになっており、胸から上以外はここからでは見えない。

もう一人も馬車本体の下敷きになっており、馬に上半身を押し潰されピクリとも動かない。

そして、馬車から投げ出されたであろう――血まみれの少年の姿が見えた。

「――っ！」

気付くとルイーゼの身体は勝手に動いていた。

少年を一旦置き、明らかに重傷者である二人の生存確認を先に行う。

日頃クラリスの手伝いで重傷者を見てきたおかげか――何をすればいいかは分かっていた。

じっとしている時間が長かったせいか、うまく動かない身体に活を入れる。

御者は馬と共に事切れていたが、馬車の下敷きになっている男はまだ息があった。

「大丈夫ですか！　今、助けます……ううぅ」

馬車を退けようとするが――非力なルイーゼでは僅かも動かすことができなかった。

儀式の直後で疲労困憊しているという問題ではなく、根本的に力不足だ。

「――……っ！」

馬車の下敷きになっていた男が、目をぎょろりと開いてルイーゼの足を掴んだ。

「ひっ⁉」

その男は離れたところで倒れる少年を指差し、必死の形相で、

「おどうど、だず、げ、助げで」

――それだけを告げ、事切れた。


「ねぇあなた、大丈――うっ⁉」

少年は身体のあちこちを擦《す》り剥いた状態で横たわっていた。馬車の一部らしき木の破片が胸を貫通し、そこからじわりと血が滲んでいる。

酷い怪我だ。なんとしても助けたいが――治療するための道具がない。

（いいえ。助ける手段は――ある）

道具などなくても、今のルイーゼには少年を治すための『力』がある。

継承は中途半端に終わったようだが、聖女の力は確かに彼女の中に宿っている。

上手くできるかは分からないが、やるしかない。

膝を折り、小さく、確かめるように癒しの唄《うた》を使う。

初めてだからなのか、継承が不完全だったからなのか。口ずさむたび激痛が走り、唄《うた》が止まりそうになる。

その度にルイーゼは自分を叱咤《しった》し、鼓舞した。

止めるな。止まるな。この程度、継承の儀式に比べればなんてことはない。

(絶対に、助けてあげるからね)

どれくらい唄《うた》い続けただろうか。気付けば、少年の身体からは一切の傷がなくなっていた。

「ねえ、大丈夫?」

「う……うぅ……」

傷は癒えているが、少年は目を閉じてうめくだけで起きる気配はない。

できれば街に連れ帰りたいが……自力で戻る術《すべ》がない。

下手に連れ立って行って迷うくらいなら、明日の迎えが来るまで待つほうがいいだろう。

ぽつり、ぽつりと雨が地面を強く叩きはじめた。

身体を濡らしてはならないと、ルイーゼは少年を小屋の中に引きずって行った。

雨に打たれたままの二人の遺体。今はどうすることもできない。

「――ごめんなさい。安らかに眠ってください」

そちらに向かって両手を合わせてから、部屋の中に避難した。


少年は熱にうなされていた。

タオルなどあるはずもなく、ルイーゼは「汚くてごめんね」と謝りながら服の袖で汗を拭う。

食料や水は豊富に残っているが、食べてくれない。口に押し込んでも、噛めずにすぐ吐き出してしまう。

「……」

ルイーゼは水を飲んでもらうため、自分の口に水を含んだ。

よく見ると幼いながらも凛々《りり》しい顔立ちをしているとか、そういう余計な情報には気付かないフリをする。

「んっ……」

意を決して、少年に口移しを行う。

微調整しながら水を送り込むと、こくり、こくりと嚥下《えんげ》してくれた。

食料も同様。

まずルイーゼが咀嚼《そしゃく》してから、それを口移しすることでなんとか食べてくれた。

食料を与えてもまだ安心はできない。夜になるにつれ、少年は身体を震わせはじめた。

身体は熱を帯びているというのに、ぶるぶると震えている。

「ねえあなた、寒いの？」

話しかけても返事はない。頬に触れても冷たくはなく、むしろ熱い。

「兄さん……」

少年はおそらく、夢の中で怯えている。

あれほどの事故が起きたのだ。ルイーゼより何歳下か分からないが、うなされても無理はない。

不安な時はどうすればいいか。それをルイーゼはよく知っていた。

「大丈夫。大丈夫だからね」

少年の隣に寝そべり、その手を握る。逆の手で頭を抱えて、ぎゅう、と胸に抱き寄せる。

「う――」

少し安心したのか――少年の表情が和らいだ。

強く握り返してくる手のぬくもりが、彼が間違いなく生きているということを教えてくれる。

誰もいない山の奥地で、たった一人だが人の命を助けることができた。

自分を卑下し続けていたルイーゼに、大きな自信を与えていた。

「よか――った」

意識が遠のく。

緊張の糸がぷつんと切れそうになり、意識が落ちかける。

(まだ……まだ寝ちゃダメ)

今、少年の手を離す訳にはいかない。抱きしめる手の力を緩める訳にはいかない。

（眠気なんか――あっちに行け！）

ルイーゼは僅かに首を動かし、床に頭を叩きつけることで睡魔を振り払う。

「大丈夫、心配ない。私がいるよ……」

少年が安らかな寝息を立てるまで、彼女はいつまでも語りかけた。


太陽が昇ると同時に雨は止んだ。あと数時間ほどで待ち望んでいた七日目になる。

それよりも早く、森の奥から人影が見えた。

「く……クラリス、さん」

師匠の姿が見えた瞬間――ルイーゼの中で張り詰めていた糸が、完全に切れた。

「ルイーゼ！」

クラリスは杖を放り出し、ルイーゼの身体を抱きしめた。少し乱暴だったが、それが彼女らしくてむしろ心地よい。

「私……聖女に、なれましたよ。どう……です、か……」

――崖《がけ》を飛び降りるように、意識が一瞬で落ちた。


優しい声が、ルイーゼを包む。

疼痛《とうつう》の残る身体が。目の眩む頭が。あちこち擦《す》り剝いた傷が、癒えていくのが分かる。

これが――癒しの唄《うた》の効果。

「聖女様、彼女を、彼女を助けて下さい……僕の命の恩人なんです！」

声変わり前の中性的な声で誰かが叫んでいる。

分かるのはそれだけで、限界を超えたルイーゼの頭に、言葉の意味を咀嚼《そしゃく》するほどの力は残っていなかった。

「安心しな。一日も寝てりゃ目を覚ます」

「よかった、よがっだぁ……」

誰かが手を握っている。

「あなたは……自分を犠牲《ぎせい》にしてまで僕を助けてくれた。この恩は絶対に忘れません」

「あんた、名前は？」

「アーヴィング・スタングランドと申します。第七王子――もしくはアーヴ、の方が通りがいいでしょうか」

（――知ってる。私は、この手を）

急速に意識が浮上し、過去と今が繋がる。

どうして今まで忘れていたんだろうか。

この手は、あの時の少年のものだ。

どうして今まで忘れていたんだろうか。

この手は、あの時の少年のものだ。

危機に陥ったルイーゼを、成長した彼が助けに来てくれた――いや、すでに来ていた。

「ルイーゼ！」

目を開けた先では、予想通りアーヴィングが手を繋いでいた。

彼こそが、あの時ルイーゼが助けた少年だ。

七年経ってもほとんど背丈の変わらない自分と違い、彼の変わりようはまるで別人だ。

どちらかと言えば中性的で可愛かった七年前と比べると、随分とたくましくなっている。

ルイーゼが見ている間はずっと仏頂面だったことも手伝って、全く気付かなかった。

「よかった、気が付いて……」

しかし、こうして安堵の表情を浮かべていると、薄らと面影がある。

「……大きくなったね。アーヴ」

ルイーゼは掌の感触を確かめるように、両手でアーヴィングの手を包んで頬にすり寄せた。

「ぁ、か……」

アーヴィングの動きが、ピシリと固まり——するりとルイーゼの手から抜け出した。

「あ、あれ？」

戸惑う彼女を余所《よそ》に、アーヴィングは、すすすっ——と素早い動きで離れ、いつもの定位置で片膝をつくポーズを取った。優しげな顔が、あっという間に仏頂面へとすり替わる。

「ふん。目が覚めたか」

「……今さらカッコつけたって遅いよ」

その様子を呆れた表情で眺めていたミランダが、半眼でアーヴィングに目を向けている。彼女の近くには、怪我をしていた少女――ピア、と言っただろうか――もいた。

「聖女様。私とエリックの傷を治してくださり、本当にありがとうございます」

「謝らないで。元を正せば私が悪いんだから」

……忘れかけていた罪悪感が、少しずつ胸の奥を押してくる。

自分が悪あがきをせずに祈っていれば、彼女が傷付くことはなかった。

ピアは被害者だ。責められても文句は言えない。

しかしピアは首を横に振って、拳を握り締めた。

「聖女様は悪くありません！　あなたのありがたみをもっと知らしめるべきです！」

「そうそう。アンタのおかげで目が覚めたよ」

癒しの唄《うた》を使用したことで、ミランダ、エリック――そして外にいた騎士も、聖女の力を信じてくれるようになった。


（……私の行動は、間違ってなかったのかな）


改めて、ルイーゼは現在の状況を整理した。

まず、今は六日目の夕方だということ。

将軍指揮のもと、魔物たちには上級騎士や高ランクの冒険者総出で対処している。

昨日まではなんとか押さえ込めていたようだが、戦況は芳《かんば》しくない。

減ってしまった戦力を補う目的で、少しでも戦える者は召集がかかっている。

そのため、ピアを連れてきた少年——エリックも、今は戦場に駆り出されていた。

そして、アーヴィングの正体。

彼は、ルイーゼが七年前に助けた少年であり——この国の王子だという。

「アーヴィング・スタングランド。第七王子だ」

ぶっきらぼうに改めて自己紹介するアーヴィングの肩に、ミランダが太い腕を回す。

「コイツ、アンタの力になりたい一心で王位継承権も捨てて、国外で武者修行の旅をしていたらしいよ。泣かせるじゃないか」

「おい！　余計なことを言うな」

「全く、素直じゃないねえ」

ミランダは暴れ出したアーヴィングから離れ、肩をすくめた。

ルイーゼが倒れる前に感じていた、二人の間にあったよそよそしさはすっかりなくなっている。

アーヴィングが味方だということは理解した。しかし……疑問が残る。

彼を派遣したのは他ならぬニックだ。あの抜け目ない王子が敵に塩を送るような真似をするとは到底考えられない。

「本物の監視役に指令が行く前に入れ替わった」

目を逸らしながら、アーヴィングが答える。

本来ここに赴任するはずだった騎士に使者を偽って近付き、偽物の指令書を手渡したそうだ。

「じゃあ、聖女反対派っていうのも嘘だったの？」

「俺が反対しているのは聖女制度そのものだ」

「……え？」

「コイツはルイーゼが寿命を減らしてまで祈るのが嫌らしいよ」

言葉足らずなアーヴィングを、ミランダが補足してくれる。

「それならそうと、早く言ってくれればよかったのに」

二人きりで話す機会はいくらでもあった。

味方だと分かれば、あんな気まずい時間を過ごすこともなかっただろう。

王子であれば、ニックと話し合いの場を設けることもできたはずだ。なぜこんな回りくどい方法を取ったのだろうか。

「継承権を放棄し、国を捨てたも同然の俺に発言権が残っているはずがないだろう。それに」

「……それに？」

覗き込むように顔を見やると、やはりアーヴィングは顔を逸らした。

「俺は人と話すのが苦手なんだ。こうすることが最善だった」

「とか言って、本当はルイーゼと話すのが恥ずかしかっただけだろ？」

「……いちいちうるさいぞ」

ミランダを睨むアーヴィングだが、当の彼女はそれを面白そうに見て笑う。

ピアも手で口元を隠していた。

「……ぷ」

「笑うな」

二人に釣られてルイーゼもつい笑ってしまう。

アーヴィングは和やかになった空気を吹き飛ばすように立ち上がった。

「俺のことなどどうでもいい。目が覚めたならすぐに出るぞ」

「出るって……どこへ？」

「国外だ」

騎士と入れ替わってまでアーヴィングが成したかったこと。それは国外逃亡だ。

彼の予定では、ニックに追放を言い渡されたルイーゼが、失意のまま追い出されたところを保護して国外へ逃げる手筈《てはず》になっていた。

しかし、ルイーゼがニックに賭《か》けを申し出たため計画はあっけなく破綻《はたん》し、苦肉の策として交代作戦に出たらしい。

「まさかお前が兄《ニック》に喧嘩を売るようなヤツだとは思っていなかった」

「じゃあ、教主様への連絡をやめさせたのも」

「兄に余計な横やりを入れさせないためでもあるが、俺はそもそも教会を信用していない」

「それについてはアタシも同意見だね」

アーヴィングとミランダの意見が一致する。ルイーゼの扱いは虐待のそれに近い。

不信感を募らせる二人だが――それを当のルイーゼが否定する。

「お二人とも、教主様は悪い方じゃありませんよ」

ルイーゼ自身は教会――ひいては教主に大恩がある。

「ちゃんと話をすれば分かります。彼がどんなに素晴らしい人なのか」

「アンタ……自分がどういう状態だったか――」

何か言いかけるミランダの肩にアーヴィングが手を置き、小さく首を横に振った。

「お前がそう言うのならそうなんだろう。しかし、今は外に出ることが先決だ」

「ううん。私は国外に出ない。ここに残る」

「何を言ってるんだ。ここにいたら祈りを――」

「もちろん、ちゃんと再開するよ？」

ニックに賭《か》けを挑んだ目的は、祈りを止めればどんなことが起きるかを分からせるためのものだ。

その恐ろしさを十分に知ってもらえたのなら、祈らない理由はない。

むしろ今となっては、早く謝りに来てくれとすら思っているほどだ。

「分かっているのか？　祈れば祈るほど、お前の寿命は減るんだぞ」

「もちろん、全部承知の上よ」

「分かってない！　もう祈る必要なんてないんだ！」

「ううん。聖女の必要性さえ理解してもらえたら、私はそれでいいの」

祈りを止める期間は七日が限界だ。過ぎてしまえば百年前の暗黒時代に逆戻りする。

アーヴィングは怒りと悲しみを綯《な》い交ぜにした表情で叫ぶ。

「お前にだけ犠牲《ぎせい》を強いるこんな国、滅べばいいんだ！」

「……ありがとう。私のためにいろいろ考えて、怒ってくれて。でも、祈りは止めない」

過去の聖女たちの努力を無駄にしないため。

未来の聖女たちが不憫な思いをしないため。

それらが達成できたのなら、祈らない理由なんてない。

「だって私は、聖女だから」

「その言葉……まことか？」

「……っ！」

扉の向こうから、しわがれた声が聞こえた。

護衛を連れてゆっくりとした歩みで中に入ってきたのは——

「ギルバート国王……陛下」

ミランダが膝を折り、敬礼の姿勢を取る。

ピアも、わたわたしながら見よう見まねで頭を下げるが、ギルバートはそれを手で押し止《とど》めた。

「よい。楽にしてくれ」

続いて入ってきたのはニックだ。両手を後ろで縛り付けられ、前回会った時と似ても似つかないほど薄汚れている。

「父上……」

「久しいなアーヴィング。まさかこんなところでドラ息子と再会するとは思わなんだわ」

ギルバートはアーヴィングに向けて皺の刻まれた表情を僅かに緩める。

「聖女ルイーゼよ。こたびの騒動の発端は我が愚息ニックにある」

「……」

「愚息と共に儂《わし》も謝罪する。それを受け入れ、再び祈ってはくれんか？」

「ち、父上！　どうかお聞き入れください！　コイツは聖女の立場を悪用し、金を――」

「まだ言うかこの愚か者め！」

「げひぃ⁉」

ギルバートが床に転がされたニックの後頭部を激しく踏みつけ、黙らせる。

「身勝手な頼み事であることは重々承知しておる。それでもどうか、この老いぼれの願いを聞き入れては――いえ、お聞き入れ下さい」

そのまま床に膝をつき、深く頭を下げた。

「ち、父上！　このような小娘にそんな真似は」

「貴様も早く謝らんか！」

「ぐぺ⁉」

「お願い申し上げます。このまま明日を迎えれば、我が国の滅亡は必至」

「お……おねがい、じまず」

首根っこを掴まれ、床に何度も頭を打ち付けられるニック。

――それを見て、ルイーゼは少しだけすっきりとした気分になった。

「分かりました。頭を上げてください」

「ルイーゼ！」

間に割って入ろうとするアーヴィングを押し止《とど》めつつ、ルイーゼは付け加える。

「その代わり、約束していただきたいことがあります」

「……なんなりと」

他ならぬ国王ギルバートに殊勝な態度を取られては調子が狂ってしまう――畏れ多いことこの上ない――が、これだけは約束してもらわなければならない。

「聖女が必要であることを、もっと広く知らしめていただきたいのです」

そもそもの発端は、ニックが聖女不要論なるものを真に受けたことにある。聖女の必要性を理解できていれば、そうはならなかったはずだ。

「ギルバート・スタングランドの名において、必ず成し遂げることをお約束いたします」

「ありがとうございます」

これにより、ニックとの賭《か》けはルイーゼの勝利に終わった。

しかし、騒動はまだ続いている。すぐに封印を行わなければ本当に手遅れになってしまう。

「陛下。私を魔窟《まくつ》へ――ひゃあ!?」

「ふざ……けるな」

低く唸りながら、アーヴィングがルイーゼを抱き上げた。

抜剣し、国王に切っ先を向ける。

「お前らはそうやって『国のため』などという大義名分を使い、聖女の死体を積み上げる殺戮者《さつりくしゃ》だ！」

振り上げた剣を壁に叩きつけると、轟音と共に大穴が開いた。

「その墓穴《はかあな》にルイーゼを加えさせる訳にはいかない……絶対にだ！」

「ま……待て！」

アーヴィングは壁の穴から外へと飛び出し、人一人抱えているとは思えない速度で一目散に駆け出した。方角から察するに、行く先は――北の国境へと続く森だ。

一度あの中に入ってしまえば、そうそう見つけることはできなくなる。

「待ちなアーヴ！」

「お――追え！　追うのじゃ！」

「聖女様！」

様々な人物の声を置き去りにして、どんどん建物が遠ざかっていく。

「ちょっとアーヴ、待って！　待ってよ！」

「しゃべるな。舌を噛むぞ」

風が渦巻き、アーヴィングの逃避行をさらに加速させた。あっという間に追っ手の姿が見えなくなる。

(剣だけじゃなくて、魔法まで使えるの⁉)

彼は追っ手を振り切ったそのままの速度で森の中に突入した。月の光もわずかしか届かない中を、木にぶつかることなく駆け抜ける。

「アーヴ！　お願い、止まって！」

肩に担がれたままの格好ではどうやってもアーヴィングの足を止められない。

(どうにかして、止めないと――！)

「止まって！　止まってくれないなら、舌を噛むわ！」

「――っ」

アーヴの動きがわずかに揺らいだ。その隙をついてじたばたと身体を暴れさせる。

「おい、やめ、暴れるな！」

「おーろーしーてー！」

アーヴィングはふらつき、僅かな段差に足を取られた。二人で転げ落ちるが、彼が咄嗟《とっさ》に抱えてくれたおかげで痛みはない。

そしてアーヴィング自身も、何層にも重なった枯れ葉が緩衝材になったおかげで無傷のようだ。

危険なやり方だったが、彼を止めるにはこうするしかなかった。

「何をしているんだ、早く逃げないと――」

手を引っ張ろうとするアーヴィングを払いのけ、ルイーゼは彼の胸ぐらを掴んだ。

「ちょっと落ち着きなさいって言ってる、の！」

「ぐぁ!?」

顔面に頭突きを食らわせ、痛みに悶える彼の前でルイーゼは仁王立ちになった。

額の傷が開き、顔の端を少量の血が流れ落ちたが、今はどうでもいいことだと無視をする。

「話を聞きなさい！　いい？　聖女の祈りは確かに寿命を削る。でもそれはみんな同じことなの」

冒険者は命を危険に晒《さら》して日々の糧《かて》を得ている。

商人は命を費やして商品の交渉をしている。

農家は命を賭《か》けて作物を育てている。

職業や立場によって大小はあるかもしれない。しかし誰もが等しく命を削って生きている。

「だから私だけが犠牲《ぎせい》になっているなんて、みんながのうのうと生きているなんて思わない」

「聖女の平均寿命を知っているだろう！　ヤツらが負担を強いているのは明らかだ！」

「だとしても、死ぬのを怖がっていたら何もできないでしょ」

「……っ」

アーヴは言葉を詰まらせる。

「お前はいいのか……？　まだそんな若い身空で死ぬことが怖くないのか？　国民全員の不幸を背負うことに不満はないのか⁉」

同様のことを、かつてクラリスにも問われた。

もちろん七年経った今でも、ルイーゼの答えは変わらない。

「覚悟の上よ。それに、すぐ死ぬ訳じゃない。少なくともあと三年は生きられるわ」

聖女の最期。

クラリスは「死ぬ一年くらい前から徐々に身体が動かなくなっていく」と教えてくれた。

今のところその兆候は現れていない。

十年という寿命はあくまで『平均』でしかない。前向きに考えれば、ルイーゼがクラリス以上に長く生きられる可能性だって皆無ではないのだ。誰も未来を予測することはできない。

分かることは、ルイーゼは今生きていて、死の兆候は現れていないということだけだ。

「それから。聖女は不幸を背負う役割じゃないわ」

「何……？」

「聖女は人を幸せにするための存在なの」

クラリスには「夢を見すぎだ」と盛大に笑われたが……ルイーゼは今もそれを信じている。

「それでも、俺は……！」

なおもアーヴィングは食い下がった。

成り行きとはいえ、あの時命を救われたことに大きな恩を感じている。嬉しく思う反面、それに囚われすぎているように感じた。

おそらく、いくら言っても彼は自分の考えを曲げないだろう。だから、手法を変える。

「じゃあ、勝負しましょ」

「勝負、だと？」

「そう。私が死ぬまでに聖女が不要なことを証明して」

現状、聖女の祈りが不可欠なことは誰の目から見ても明らかになった。こういう言い方は癪《しゃく》だが――くしくも、ニック王子のおかげでそうなった。

彼との勝負は、祈りの力を証明したルイーゼの勝ちに終わった。

同様の勝負を、今度はアーヴィングと行う。

ルイーゼを祈らせたくないというのなら、祈らずに済む方法を見つけることで聖女という制度そのものを不要にするしかない。それ以外の方法で、彼女は決して止まらない。

「これでどう?」

「……」

アーヴィングはうつむき、押し黙った。

一分、二分――時間がゆっくりと過ぎていく。

ルイーゼからは何も言わなかった。これ以上の言葉は必要ない。

五分ほどの長考を挟んでから、アーヴィングがようやく口を開いた。

「条件がある」

▼

東地区は前線基地に様変わりしていた。

医療施設は怪我人で溢れかえり、重傷者がベッドにも寝かされず床の上で放置され、うめき声をあげている。

さらに向こうには、布を被せられた――治療する必要のなくなった――人々が広場を埋めつくしていた。

「……」

これが聖女の加護のないスタングランド王国の、本来の姿。

祈りを怠《おこた》ればどうなるのか。エリックは目にしかと焼き付ける。

未来永劫、語り継いでいくために。

「おーい、エリックじゃないか」

「あ、おっさん！」

東の門へ足を進めていると、情報屋に偶然出会う。

こんな状況だというのに彼はいつもの調子で酒を片手に、だらしなくヘラヘラしている。

「これから出るのか？」

「ああ。そうだ、ピアの件ありがとうな」

聖女の居場所を教えてもらわなければ、ピアは間違いなく命を落としていた。彼はまぎれもなく命の恩人だ。

「――そうじゃ、その見返りについてだが」

「えっ!? 後にしてくれよ」

こんな大事な局面で金の話なんか聞きたくないとエリックは露骨に顔をしかめるが、情報屋は気にした様子もなく、ヒヒヒッ、と笑う。

「そんな顔をするな。お前さんが生き残れる貴重な情報もセットで教えてやるから」

「う……分かったよ。いくらだ？」

いつもの調子で「情報だけくれ！」と軽口を叩きたかったが、今回は理由が理由だ。素直に聞くほかなかった。

「人一人の命じゃからな。安くはないぞ。お嬢ちゃんを助けた見返りは……」

「見返りは……？」

「Aランクの冒険者になることだ」

「……いやいや、無理に決まってるだろ！」

反射的にエリックはそう返した。もちろん彼だって男だ。Aランク——冒険者としての成功を夢見たことは一度や二度ではない。

しかし、しょせん夢は夢。

彼の野心は迫りくる現実に打ち砕かれ、今となっては僅かも残っていない。

「心配するな。儂《わし》が見込んだお前さんなら必ずなれる。まずはこの戦いを生き残ることだな」

情報屋に小さく折りたたまれた巻物を渡される。開いてみると、おおよその魔物の分布図が書き記されていた。

「今のお前さんには手に余る魔物ばかりじゃが……ギガンテスなら数も少ないし、一匹でも引きつければ十分全体の役に立てる」

彼の言う通り、攻撃を避けることだけを考えると数の多い魔物より、ギガンテスの方が楽だ。

「間違ってもゴブリンの生息地には行くなよ。あと、女の姿をしたスライムを見たらすぐに逃げろ」

「女の姿をしたスライム……？」

「そいつはスライムの『女王』だ。聖女の封印以外に対抗手段はない」

情報屋はそこで話を区切り、エリックの肩を押した。

「せっかくの先行投資がここまで育ったんだ。絶対に死ぬんじゃないぞ？」


東門を出てしばらく進んだ先に見えてきたのは、隊列を組んだ騎士がゴブリンの群れを相手に一進一退の攻防を繰り広げている光景だ。

「一匹たりともここから先に行かせるな！　数の利はこちらにある！　落ち着いて対処せよ！」

騎士が隊列を組んで声を掛け合い、数十人が一枚の盾であるかのようにゴブリンの攻撃を防いでいた。

ゴブリンたちは数日前の子供のような見た目とは打って変わり、多様な姿に変化していた。二メートルほどの細身だったり、身長は低いままとんでもなく筋肉質になっていたり。

ここまでくるともはや別の生物だ。『進化』と言ってもいいかもしれない。

キィキィ声も単に鳴いているのではなく、様々なゴブリンに、リーダー役が指示を飛ばしているのだろう。よく見るとゴブリンたちも騎士と似たような隊列を組んでいる。

（まるで人間じゃねえか）

数日前まで下等と見下していた魔物が、たった六日でここまでの力をつけている。

封印の影響がなければ、もしかしたら……下等なのは人間の方なのかもしれない。

「妙なこと考えてる場合じゃねえな」

エリックは雑念を振り払い、その場を後にした。途中、ワーウルフをうまく翻弄《ほんろう》する騎士や、スライムと火花を飛ばし合う冒険者の姿が見えた。いずれも防戦に努めているためか、被害は最小限で済んでいるようだ。

心の中で声援を送りながら脇を通り抜け——ギガンテスの生息地へと到着する。

はじめに見えたのは、ギガンテスから逃げ惑う騎士の姿だ。

「来るな来るな来るなぁぁぁ！　ぼぼぼ僕を誰だと思ってる！」

「ブレッド落ち着け！　隊列を乱すな！」

「だ、黙れぇ！　たかだか男爵家の分際で僕に意見するなぁ！」

「あいつら……」

どこかで聞き覚えのある声と思ったら、以前ゴブリンから救い出したあの無礼な騎士——ブレッドだ。彼は剣を振り回して威嚇《いかく》するが——当のギガンテスにはまるで効果がない。

「あー！　あーっ！　来るなー！」

ギガンテス——動きが俊敏《しゅんびん》だ——が、大木を棍棒代わりにブレッドへと振り下ろす！

「あぶねえ！」

「ぶぺぇ!?」

エリックは走る勢いそのままに、ブレッドへ蹴りを叩きこんだ。

前に割り込んでギガンテスの攻撃を受け止めたいところだったが、そんなことをしたら二人まとめて潰されるのが見えている。彼を助けるにはこうするしかなかった。

「ななな、何をするんだこの冒険者《クズ》がぁ！」

「君は……エリック！　どうしてここに」

あの時の騎士――ライアンがエリックの姿を認める。

ぎゃあぎゃあと喚くブレッドを無視して、エリックはギガンテスに向き直った。

「細かい話は後だ。みんなで生き残るぞ！」

引き抜いた木を振り回すギガンテス。力はそのまま、すべての動きが俊敏《しゅんびん》になっていた。

目をこすりながら愚鈍に動いていた数日前とはまるで別の魔物だ。

しかし、情報屋の言っていた通り頭数は少ない。何十匹ものゴブリンを相手にするよりはまだ押さえやすいと言えるが……それは決して、楽に戦えるという意味ではない。

「くっ……なんつー力だ」

しっかりと巨木を避けても、振り抜いた風圧で体勢を崩してしまいそうになる。

まともに当たれば言うまでもなく、僅かにかすっただけでも致命傷は免《まぬか》れない。

当たれば死ぬ。避けられなければ死ぬ。僅かに掠《かす》めただけでも下手をすれば死ぬ。

恐怖と緊張で身体が強張り、暑くもないのに汗が止まらない。

(――怖ぇ)

つい数日前に嫌というほど味わった恐怖と絶望感が全身の筋肉を硬直させる。

(――しっかりしろ！　こんなところでビビッてどうする！)

心の中で盛大に煽《あお》ってくるもう一人の自分に怒鳴り返し、振りかぶったギガンテスの攻撃を後ろに跳躍することでかわす。

三秒前までエリックが立っていた場所が大きく凹み、土がめくれ上がった。

(俺は絶対に生き延びて、もっと強くなるんだ！)

同じように後退したライアンが、エリックの隣に立った。

「エリック。生き残る……とは言ったものの、我々の武器でギガンテスは倒せないぞ」

「無理に攻めなくていい。攻撃を避けて注意を引きつけるだけで十分だ」

弱音を吐くライアンに、聞きかじりの知恵を伝える。

「とにかく耐えろ。もうすぐ聖女様が祈りを捧げてくれる。そうすりゃ魔物なんてイチコロだ」

——もちろん嘘だ。

エリックに召集がかかった時点では、ルイーゼはまだ目を覚ましていなかった。彼女が倒れてから一日ほど経っているので、そろそろ目を覚ますだろうという予測でしかない。

そして、祈りを捧げるかも分からない。

聖女という存在を蔑《ないがし》ろにされたことを、彼女は酷く怒っているらしい。命を懸けて守ってきた相手に唾《つば》を吐きかけられれば、そう思うのは当然だ。事実、エリックも聖女に唾《つば》を吐いていた人間の一人だ。

ピアと自分は何かの気まぐれで治療してもらったが、祈りを再開してくれるかは微妙なところだ。

——そんなことをここでいちいち言っても仕方がない。

空っぽの箱でも、そこに希望があると信じれば人は活力を取り戻す。

「聖女……？」

「ああ。聖女様の力は本物だ。ニック王子の策略にはまって監禁され、今は祈れない状態になっている」

「なっ……んだと⁉」

ライアンが目を見開く。

エリックは事件のあらましをだいたい聞いているが、すべてを理解はしていなかった。なので分からない部分はかなり適当に取り繕う。

とにかく今は、ギガンテスに立ち向かう闘志を燃やしてもらわなければならない。

ニックには申し訳ないが、とことん悪者になってもらうことにする。

「王子は聖女の力が偽物だと疑ってかかり、それを自分の支持率を上げるために利用した――それが一連の騒動の原因だ。そのせいで魔窟《まくつ》の封印が解けて魔物が本来の強さに戻ってるんだ」

「なんということだ……！」

「う、嘘だ！　聖女にそんな力はない！」

黙って話を聞いていたブレッドがエリックに食ってかかる。

「それにニック王子は父上と懇意にしている！　彼がそんなことをするはずがない！」

「嘘だと思うなら、聖女様が祈りをやめた日と魔物に変化が起きた日を照らし合わせてみろ。それですぐに分かる」

「貴様ぁ！　ニック王子を陥れてどうするつもりだ！」

「危ねえ！」

「ぷげぇ!?」

会話を断ち切るように割り込んできたギガンテスの一撃を、ブレッドを蹴ることで避けさせる。

「き……貴様！　さっきから僕を何度も蹴りやがって……！」

「蹴られたくないなら、自分の身は自分で守れっての」

騒ぐブレッドに引き寄せられ、新たなギガンテスが姿を現す。

ライアンが苦い顔をしながら口を開く。

「エリック。君の話はにわかには信じがたいが……魔物たちの様子を見る限り、どうやら本当のようだな」

「上から何も聞いてなかったのか？」

「将軍からは『魔窟《まくつ》の活動が強まっている』とだけ」

「そうか」

末端が余計なことを知る必要はない、ということだろう。

そう考えると、騎士も冒険者も立場は同じようなものなのかもしれない。

「エリック。我々はあとどれくらい耐えればいい？」

「細かくは知らねえけど……日付が替わるくらいじゃないか？」

「あと数時間程度か。先の見えない戦いよりはよほどいい」

ライアンは鎧《よろい》の下で肩をすくめ――抜き身にしていた剣を仕舞った。

「全員、攻撃止め！　ギガンテスを引きつけることにのみ注力せよ！」

ブレッド以外の騎士が、応、と答えた。


どれくらい攻撃を避け続けただろう。六人居た騎士のうち二人はギガンテスの攻撃から逃れられずに途中離脱した。

そしてまた一人。

ちょうど着地したタイミングで二匹目のギガンテスが死角から急接近する。

「ビリー！　避けろォ！」

ライアンが手を伸ばすが――それよりも早く、ギガンテスの腕が無慈悲に振り下ろされる。

巨大な掌と地面に挟まれ、騎士が平らに広げられる。

それをまともに見てしまったブレッドが、ギガンテスに背を向けた。

「あ……もう、もう嫌だ……！　父上に言って騎士なんてやめてやる！」

「待てブレッド！」

ライアンの制止も聞かず、ブレッドは一目散に逃げ出した。

――これで残るはエリックとライアンの二人だけになった。

両側からのそりと迫ってくるギガンテスに押されるように、二人は背中合わせになる。

「バカな部下を持つと苦労するな」

「全くだ。俺もこの仕事が終わったら冒険者になろうかと考えている」

「そりゃいい。冒険者は気ままだぜ？」

金に関する気苦労は多いけどな、とは言わないでおく。

「その時はよろしく頼むぞ、先輩」

「おう」

軽口を叩き合い、お互いを鼓舞する。あと何時間か、なんてことはもう考えない。

自分たちにできる最大限をやるだけだ。

「さて。命がけの追いかけっこを再開――!?」

気合いを入れ直すエリックたちに――ギガンテスを遥かに超える強烈な殺気が浴びせられた。

視線の先にいたのは、以前エリックをギガンテスから救ってくれたあの冒険者――確か、キースという名前だったか――だった。彼の後ろには、仲間の女性――レイチェルもいた。

「あ……あ」

息を発することすら躊躇《ためら》われるほどの圧力に、エリックは胸を押さえた。

圧に耐えきれず、隣ではライアンが腰を抜かしている。

ギガンテスたちがキースのほうへ向き直る。より強大な敵――自らの生命を脅《おびや》かす存在の登場により、エリックたちは文字通り『眼中に入らなく』なっていた。

ギガンテスが動いた。

「――ふん」

同じく軽やかに飛び上がったキースは、暴力的なまでの一撃を無遠慮に浴びせる。

咄嗟《とっさ》に木を捨てて両手で防御するギガンテス。攻撃から防御に転じることに迷いがない。身体能力だけでなく判断力も向上していることの、何よりの証左だった。

キースは深く攻めず、ギガンテスの腕を蹴ってすぐに距離を開けた。彼自慢の大剣でも、防御に回ったギガンテスの腕を両断するには至っておらず、薄皮を割いただけに止まっている。

「あなたたち、大丈夫？」

いつの間にか傍まで来ていたレイチェルが、背中を強く叩いてきた。

「かはっ⁉」

「ゆっくり呼吸しなさい」

「はぁ……はぁ」

知らぬ間にキースの殺気に呑み込まれ、呼吸を忘れていたようだ。あのままだったら、酸欠で倒れていたかもしれない。

「私の後ろに隠れて。少しマシになるわ」

「て……手伝わなくてもいいのか？」

相棒であれば、協力して戦うのが普通だ。

なのにレイチェルは戦闘態勢を取ることもせず、呆れたように肩をすくめるだけだった。

「私が入ってもキースの邪魔にしかならないわ」

今度はライアンの背中を叩き、彼も自分の後ろに立たせる。

「私がやるべきことは、あいつが存分に暴れられる舞台を整えること。それだけよ」

それさえ行えば、あとはキースがなんとかしてくれる、という絶対の信頼を置いた言葉だった。

レイチェルの後ろに立つことで、キースの戦いを落ち着いて観察できるようになった。

二体のギガンテスを相手取りながら大剣を振り回すキース。一見すると無鉄砲な攻撃に見えてその実、一撃一撃がとても繊細だ。指の付け根や関節などの弱点となる部位を執拗《しつよう》とも言える正確さで斬り裂いている。

一度目で薄皮を。

二度目で皮膚を。

三度目でその下の肉を。

鋼鉄に例えられそうなほど硬いギガンテスの身体に少しずつ傷が増えていく。

さらに驚くべきは、キースの足さばきだ。二体のギガンテスに挟まれながら、彼はほとんどその場から動いていない。

最小の動作で最大の空振りを誘《いざな》う。傷も相まって、無尽蔵の体力を誇るはずのギガンテスが……徐々に、動きを鈍らせていく。

あの一撃——いや、あの足運び一つすら、一体どれほどの修練を積んだのか。

本当に同じ人間なのかと疑いたくなるほど——遠すぎた。

「あいつは……一体」

「あら、やっぱりこの国ではあまり知られていないのね」

エリックの独り言に、レイチェルが答える。

「彼――キースは、『竜殺し』の称号を持つSランク冒険者よ」

戦いは唐突に終わりを迎える。

「久しぶりに斬り応えのあるヤツだったが……俺を捕まえるにはちょいと速さが足りなかったな。あばよ、ウスノロ」

深い傷のできた部位に、キースは大剣の切っ先を突き刺し、短くつぶやく。

「『疑似魔法』――〝竜の吐息《ドラゴンブレス》〟」

火の気のない場所から突如、ギガンテスの巨体を包むほどの火柱が巻き上がった。

身体の内側から業火に焼き尽くされ、ギガンテスは暴れる間もなく息絶える。

炎はすぐに、不自然なほどの早さで鎮火する。

それを見ていたもう一体が――くるり、とキースに背を向けた。

「なまじ強いが故に、相手の実力を推し量る能力が欠けてたな。ま、来世ではもっと強くなってからかかってこいよ」

逃げるギガンテスの肩に飛び乗ったキースが、同様に傷口めがけて剣を突き立てる。

「燃え尽きろ――〝竜の吐息《ドラゴンブレス》〟」

一体目と同じように炎が巻き起こり――そして、ギガンテスだけを正確に焼き尽くす。

「……」

エリックは、言葉が出てこなかった。自分たちが命がけで時間を稼ぐのがやっとだったギガンテスを、時間にすればほんの五分ほどであっさりと倒してしまった。

（……これが、Sランク）

キースを通して、エリックは未だ見たことのない世界の広さを知った。

「いやー、やっぱ燃やすのは惜しいな。骨くらいしか再利用できねえ」

「今はそんなことを言っている場合じゃないでしょう？」

キースは大剣を肩に担ぎ、三人のもとに歩み寄ってきた。

彼が一歩近付いてくるたび、エリックの中の警戒心が跳ね上がる。

自分の首が落とされる光景を、何度も幻視してしまう。

レイチェルの背後にいるおかげで軽減されるとはいえ、いつ彼に殺されるのかと気が気でならなかった。

そんなエリックの様子を見て、キースが申し訳なさそうに手を上げる。

「あー……ビビらせてすまん。昨日から戦いっぱなしで、殺気のオンオフができなくなってんだわ」

「き、昨日から……？」

「ああ。レアものばかり出てくるから狩りが楽しくてな」

つまりキースは、まる一日戦い続けて、なおあんな動きができるということだ。

（……どこまで遠いんだよ）

勝手に打ちひしがれるエリックの胸中など知らないまま、レイチェルが尋ねてくる。

「ねえ。この魔物たちはなんなの？　あなたたち何か知ってる？」

「あ、ああ。実は――」

エリックは、魔窟《まくつ》と聖女について知っている限りのことをかいつまんで説明した。

「魔物の力の根源……それを封印できる聖女？　どういう魔法を使っているのかしら」

「魔窟《まくつ》……そんなモンがあるのか。旅はいろんな発見があって面白ぇなぁ」

レイチェルは聖女にいたく関心を持ったようだ。

反対に、キースは魔窟《まくつ》に興味をそそられている。

「その魔窟《まくつ》ってのをぶっ壊せば、こいつらみんな大人しくなるって寸法か」

「できるのか⁉」

「分からん。まずはやってみてから考える」

魔窟《まくつ》を破壊すれば、聖女の祈りを待つまでもなく事態は収束に向かうかもしれない。

考えもしなかった場所から、希望の光が灯った。

「エリック。魔窟《まくつ》の場所は分かる？」

「ああ――案内する！」


魔窟《まくつ》への道はそう遠くはない。今夜は満月というおかげもあり、足元も申し訳程度には見えている。

さすがに森の中を突っ切って最短距離……というわけにはいかないが、街道を走る分にはなんの問題もなかった。

ギガンテスの生息地に行く前は押さえ込めていたスライムやオークたちが、徐々に王都の方へ包囲を狭めている。

それらすべてを倒していてはキリがない。

道を遮る魔物だけをキースがなぎ払い、その間をすり抜けるようにして駆け抜ける。

「ホントにこんな街道沿いにあるのかよ？」

「ああ」

エリックは道案内をしながら、キースの一挙一動を見逃すまいと凝視していた。

あのサイズの大剣を、まるで棍棒でも振り回すかのように軽々と扱う膂力《りょりょく》。

強靱《きょうじん》な肉体を持つキースだからこそできる芸当だ。

大きさが違えば動かし方も変わってくる。

剣術の部分はあまり参考にできないので、足さばきを中心に見る。力の強さは真似できないが、足の運びくらいなら……理屈が分かれば、自分にも取り入れることができるはずだ。

Sランク冒険者。

エリックがAランクを目指す上で、これ以上ない目標が目の前で戦ってくれている。

(強くなるにはまず真似ろ、だ)

魔窟《まくつ》が近付いてきた。魔物を切り倒しながら……と考えると、信じられないほどのハイペースだ。

本当にキースなら魔窟《まくつ》を破壊できるかもしれない。そんな希望を胸に抱いた時——悲鳴が、聞こえた。

「ほぎゃあああ⁉　たす、助けてぇ！」

「あいつ……」

声の主は、ギガンテスから逃げ出したあの騎士――ブレッドだった。

ゴブリンに足を掴まれ、崖《がけ》の下に引きずり下ろされそうになっている。

彼我の距離は三十メートルほど。大剣を構えるキースを制し、エリックは駆け出した。

「エリック⁉」

「道なりに進めば左手に魔窟《まくつ》が見えてくる！　あいつは俺に任せて先に行け！」

正直に言うとあまり助けたくない人物だが……見殺しにするのは後味が悪い。

しかし、ブレッドのためにキースの時間を割くのは勿体ない。

折衷案として、エリックは自ら出向くことにした。

ゴブリンの生息地には近付くなと言われていたが……見たところ、敵は一匹だけだ。あの程度なら一人でもなんとかできる。

「でりゃああ！」

走る勢いそのままにゴブリンの腕を切り落とすと、ブレッドが尻餅をついた。

崖《がけ》――と言うほどではないが、坂になった段差の下には――何十ものゴブリンが蠢《うごめ》いていた。

「げっ、こんなにも居たのかよ」

街道からは死角になっていて、ここまで接近しなければ見えなかった。

倒すのは無理だと判断し、エリックは尻餅をついているブレッドに手を差し伸べた。

「立て。すぐに逃げるぞ」

「お、お前……」

涙で顔をくしゃくしゃにするブレッドはその手を取り――

「え？」

――あろうことか、エリックを大量のゴブリンがひしめく坂の下に突き落とした。

あっという間に武器を取り上げられ、地面に這いつくばる格好にさせられる。

「ふ、ふふふ――やはり僕は神に愛されし者だ！　人生最大のピンチに、都合よくこんな生け贄《いにえ》を用意してくれるなんて！」

「て――てめぇ！　ふざけんじゃねえぞ！」

「うるさいぞ下民が！　僕さえ無事ならそれでいいんだよ！」

ゴブリンたちの目は完全にエリックに集中し、ブレッドには向かなくなっていた。

――ブレッドの背後から、ぬぅ、と現れた巨大なゴブリンを除いて。

そのゴブリンは成人した人間と同じくらいの身長で、腕の筋肉だけが異常に発達していた。あの太い腕に掴まれたら、骨ごと握り潰されてしまうだろう。

「いい気味だ！　僕を足蹴にしたバチが当たったんだよ！　痛みと絶望を味わいながらジワジワと嬲《なぶ》り殺されろ！」

ゴブリンの腕が――振り上げられる。

「お、おい！　後ろ！　避けろーッ！」

「はん。そんなことを言ったって騙《だま》されぴっ」

エリックの必死の警告も虚しく、ブレッドは首を掴まれて宙吊りにされた。

「あ――あああああ⁉　助けて助けて！　オイお前なんで掴まってんだよ早く助けろ！」

とんでもない無茶を言ってくるブレッドに、ゴブリンは手を伸ばし――右足を掴んだ。

ごきゅ、と音がして……暴れていた右足が、だらりと動きを止めた。

「ぎゃあああああ！　痛いぃぃぃい！」

泣き叫ぶブレッド。ゴブリンはそのまま左足を掴む。

「やめろこの下等生物！　やめろぉッ！」

次に、右腕を掴む。

「ああああああ！　痛い痛い、本当に痛い！」

次に、左腕を掴む。

「やめでぐださい！　離じで……！　やめでえええぇぇぇ！」

順番にブレッドの四肢の関節を外《はず》してから、今度は首に指を伸ばし。

「くぴっ」

首を折った……のではない。

ブレッドは口をパクパクさせて、目でエリックに助けを訴えかけていた。

気道――呼吸を阻害せず、声だけを的確に潰した。

関節を折らずに『外《はず》した』こともそうだが、人体の構造を理解していなければできない芸当だ。

力もさることながら、エリックはゴブリンたちの持つ『知恵』に戦慄《せんりつ》を覚えた。

キィ、と別のゴブリンの声がした。それを合図に、エリックを拘束しているゴブリン以外――筋肉質のゴブリンも含めて――全員が、まるで平伏するように膝を折った。

ブレッドの背後から現れた声の主。体格は人間に近いが、それ以外はなんの変哲《へんてつ》もないゴブリンだ。唯一、特徴を挙げるとするなら、額にある傷だろうか。

（あいつ……あの時俺に拍手を送ってきたゴブリン……か？）

傷を持つゴブリンはブレッドの髪の毛を掴んで目線を合わせると――ニタァ、と、頬が割けたと錯覚するほど口を開いた。

掠《かす》れた声で、唇を動かす。

「痛《イダ》み……ト、絶望《ゼツボウ》……ヲ、味《アジ》わイ、ながら……ジワジワ、ト、……なぶリ、コロされ……ロ」

（嘘だろ……人間の言葉が分かるのか⁉）

とても聞き取りにくかったが、確かに今、人間の言葉を喋った。

「……っ！　……っ‼」

口をパクパクさせるブレッドから視線を外《はず》し、額に傷のあるゴブリンは筋肉質のゴブリンに目配せをした。

深く頭《こうべ》を垂れ、筋肉質のゴブリンはブレッドを肩に担いで何処かへと去って行く。

その様子は……王が騎士に命じる光景によく似て――否、同じだった。

あのゴブリンこそ、まさしく王だ。

王は拘束されたエリックに顔を向け、ニタリと笑ってから彼の前に降り立った。

他のゴブリンは微動だにしない。まるで訓練された軍隊そのものだ。

王がキィ、と鳴くと、エリックは解放され——しかも、奪われた武器まで戻ってきた。

「……どういうつもりだ？」

訳が分からないながらも立ち上がって剣に手に取ると、王が懐《ふところ》から小刀を取り出した。

エリックに指を向け、ちょいちょい、と動かす。

「……一対一《サシ》でやれ、ってか？」

言葉は通じているはずだ。エリックが尋ねると、ゴブリンは何も言わずに額の傷を撫でた。

自分に傷を付けた相手を、手下の前で倒したい……ということだろうか。もしそうなら、ゴブリンらしからぬプライドの持ち主だ。しかしそれは、この場においては微かな希望になった。

ゴブリンたちが本能のままに動いていたら、エリックは間違いなく嬲《なぶ》り殺されていただろう。

改めて周囲を見渡す。正面には王。両側はゴブリンの大群。後ろは崖《がけ》。下に川が流れているが、落ちて助かるかは難しい高さだ。

——さながらここは、小さな闘技場だ。

仮に勝てたとしても生き残れる保証などない。

王に勝った瞬間、周囲のゴブリンが押し寄せてくる可能性もある。

しかし勝たなければ死は避けられない。となれば、やるべきことは決まっていた。

「いいぜ。あの時つけられなかった決着、つけようじゃねえか！」

▼

「東地区に入ったぞ。次はどこに行けばいい」

アーヴィングに声をかけられ、ルイーゼは閉じていた目を開いた。

事情を話し、国王陛下から借りた馬で大地を駆けること十五分。上下に揺れ動く馬の後頭部の先には、東地区の街並みが広がっていた。

街中とは思えないほど殺伐とした雰囲気が、肌を通して伝わってくる。

「魔窟《まくつ》が見えるところはない？」

「だったら、外《はず》れの監視塔がいいだろう。ちょうど魔窟《まくつ》が見下ろせるはずだ」

あれだけ祈ることに反対していたアーヴィングだが、彼の頼みを承諾することを条件に、力を貸してもらっている。

聖女以外は知る由もないが、唄《うた》と同様、祈りにも種類がある。

ルイーゼが普段行っているものは、「維持」のための祈りだ。

封印の段階を強めるには、さらに強い祈りが必要になる。

現在、封印は第五段階まで解けている。第四段階の時点で人の手に余る魔物が出現すると考えると——せめて第三、いや第二段階になるまでは祈り続けなければならないだろう。

強い負荷で気を失ったりしないか不安だが、やるしかない。それが今回、国を巻き込んで大騒動を起こしてしまった自分への罰だ。

もうすぐ監視塔——というところで、アーヴィングはルイーゼを脇に抱えて、走る馬の背に立ち上がった。

「時間がない。ここから跳ぶぞ」

「へ？　ひ——ひあああああ!?」

アーヴィングが馬の背を蹴ると、突風が巻き起こり——身体が天高く舞い上がる。

自然界の風ではなく、彼の力によってもたらされた魔法だ。そうだと頭では分かっていても、両足が宙に浮く感覚にルイーゼの口からは勝手に悲鳴が漏れた。

「おち、おちおち、落ちるぅ!?」

「やめろ、抱きつくな。制御が乱れるだろうが」

必死にしがみつこうとするルイーゼを冷たく突き放すアーヴィング。

おかげで監視塔を登る手間は省けたが、ルイーゼは少し寿命が縮んだような気がした。

監視塔はごく一般的なもので、小部屋の外側に全方位を見渡せるような足場が設置されていた。端に足を下ろし、音もなく着地する。

「まさか飛べるなんて思ってなかったから、驚いたわ」

「どんな事態にも対応できるよう、大抵の戦闘技能は習得している」

魔法もその一環で、特殊な魔法以外は幅広く使えるらしい。

「魔窟《まくつ》は……あそこね」

封印は第五段階に達し、間もなく次に移行しようとしていた。

（……封印の解除が早まってる？）

第六段階になるまでまだ時間は残っているはずなのに、既に解けかかっている。

理由は不明だが、事態は思っていた以上に切迫していた。一刻も早く祈らなければならない。

清拭は今回、省略する。汚れのない法衣への着替えもない。自分なりの方法——膝を抱えるポーズ——で精神を統一する。手順が変わっても、場所が変わっても、やることは同じだ。

「……」

邪念を払い、頭の中を空にする。

そしていざ祈る姿勢を取った瞬間。

すぐ隣の壁に——どこからともなく、ぺちゃり、と水が張り付いた。

雨も降っていないのに、なぜ？　突然の出来事に、集中が途切れてしまう。

水はゆらりと形を変え——透き通った曲線美を見せる女が現れた。半透明であることを除けば、相当な美人だ。

「あ……」

それがスライムだと気付いたのは、自らの喉元に針のような鋭さで指が迫った瞬間だった。

——それらをまとめて斬り裂き、ルイーゼとスライムの間にアーヴィングが割って入る。スライムがさらに指を伸ばすが、彼はそれを返す刀で斬り払う。

「祈りが終わるまで、こいつは俺が引き受ける。どのくらいかかる？」

「二十——いえ、十五分で終わらせるわ」

「分かった」

肩越しにアーヴィングが、笑顔を見せた。

この一週間でついぞ見られなかった彼の優しい表情に、ルイーゼの心臓が跳ねた。

「——っ」

「必ず守ってやる。魔窟《まくつ》は任せたぞ」

戦うには狭すぎると判断したのだろう。アーヴィングはスライムと自分の足場を斬り裂き、そのまま二人で落下した。

ルイーゼは頬を叩いて魔窟《まくつ》のほうへ向き直り、一切合切の邪念を振り払う。

（集中、集中、集中——！）

役目を授けてくださった神への感謝。

連綿と国を守ってきた聖女への礼賛《らいさん》。

魔なる者への憐憫《れんびん》。

膝を折り、再び両手を合わせる。

意識の外から、日付が替わったことを告げる鐘が響いた。

それは、祈りを止めてからちょうど七日目であることを示していた。

封印、第六段階——

▼

落下の浮遊感を味わいながら、アーヴィングは女型のスライムに視線を向ける。

スライムは足場がなくなると知るやいなや、壁に手を伸ばした。

触れた部分が吸盤のように変化し、スライムの体重を支える。

「させるか」

間髪《かんはつ》を容《い》れずに、アーヴィングはその手を斬り落とした。

再び落下を始めるが、スライムはそれでもなおルイーゼのほうに意識を向けていた。

聖女が危険な存在だと本能的に知っているのだろう。

「お前の相手は——俺だ」

スライムの顔面を掴み、魔法で突風を起こして吹き飛ばす。

地面に叩き落とされたスライムが、びちゃ、と水音を跳ねさせて人の型を崩し——そして瞬時に元の形に戻る。

アーヴィングは自身にも風魔法を使い、音もなく着地する。

スライム種は多様性に富み、大陸のあらゆる場所に生息している。

その中で、女型のスライムはたった一種しかいない。

(『女王』……)

危険度は最も高いSランクに指定されている。『人間の女性の形をしている』ということ以外は一切謎に包まれた存在で、アーヴィングも実物を見るのは初めてだ。

スライムがようやくアーヴィングを邪魔者と認め、彼に向き直る。

美女、と言えなくもない容貌だが——その顔は能面のように変化がない。

スライムが動いた。

伸ばした十本の指が、まるで針のようにアーヴィングの急所を的確に狙ってくる。

それらをまとめて斬り払うが、瞬時に再生して再度襲いかかってくる。

「チッ！」

真横に身を投げてそれをかわす。

両手の指が十本、縦横無尽にアーヴィングを追跡してくる。

スライムの身体は柔らかく、容易く斬ることができるがすぐ元に戻ってしまう。斬撃はもとより、打撃系統もほぼ効かないと見ていいだろう。

厄介《やっかい》極まりない相手だ。

「だったら——これはどうだ？」

アーヴィングは短く呪文を唱えながら、スライムの指先を再び斬り落とした。

凍りついた指先を見たスライムが、僅かに動きを止める。

「再生が始まらない。やはり氷魔法は有効のようだな——全身を氷漬けにしてやる」

霜《しも》を纏わせた剣を振ると、スライムはそれを嫌がるように距離を取った。

さりげなく監視塔との距離を詰めようとする――もちろん阻止したが――あたり、それなりに知恵はあるようだ。

Sランクの魔物相手にどこまで太刀打ちできるかは不明だが、やられるつもりは毛頭なかった。

(俺は、約束を果たす)

ルイーゼを救う。それは自分自身の誓いであり、聖女クラリスとの約束でもある。

▼

七年前。

アーヴィングを治癒したルイーゼは、その反動で深く傷付いていた。

なんの力も持たない子供だった彼は、ルイーゼの傍で泣くことしかできなかった。

聖女クラリスがいなければ、彼女はそのまま死んでいたかもしれない。

「――もう大丈夫だ」

「よかった、よがっだぁ……」

ルイーゼが助かったと聞いてもなお、アーヴィングは泣くことしかできなかった。

「しかし、どういうことだ？　継承を終えたのにまだあたしが生きているなんて」

クラリス曰く、継承が終われば前代の聖女は力を失い、死ぬらしい。

だが彼女はこうして生きていて、聖女の力も失っていない。

「彼女は――ルイーゼは、聖女ではないのでしょうか？」

「いいや。確かに継承はできている」

聖女にしか分からない何かがあるようだ。クラリスはそう断言してから、崩壊した馬車に目を向けた。

「おそらくアレのおかげで、ルイーゼは力を継承しながら初代聖女の祝福を受けずに済んだんだ」

「祝、福……？」

「手足が砕けようと、時間になると勝手に祈っちまうはた迷惑な祝福さ」

ついでに国外にも出られなくなる、と、クラリスは唾《つば》を吐いた。

「これはもしかすると、何かの予兆なのかも知れないね」

「予兆？」

「ルイーゼなら、この国を変えてくれるかもしれない」

「どういう意味です？」

クラリスはアーヴィングに、聖女が辿ってきた運命の話を語ってくれた。

スタングランド王国が聖女たちの犠牲《ぎせい》の上に成り立っていること。

そして、次の犠牲《ぎせい》者は……他ならぬ、ルイーゼだということも。

「そんな……助けることはできませんか⁉　僕にできることがあるならなんでもします！」

命の恩人が、国の消耗品として死ぬ。それはアーヴィングにとって耐えがたい事実だった。

聖女が逃れられない運命として彼女を縛り付けるなら、それをねじ曲げたいと思うほどに。

縋《すが》り付いて揺さぶりをかけるアーヴィングを、クラリスは一蹴した。

「バカ言うな。お前みたいなガキが役に立つか」

歯に衣着せぬ物言いだった。王子であるというだけで媚びてくる大人とばかり接してきたアーヴィングにとって、彼女の言葉はとても鋭利に突き刺さった。

それでも彼は引き下がらない。

「何をすれば役に立てるようになりますか?」

「お前、どうしてそこまでルイーゼを助けたがる?」

試すように瞳を覗き込んでくるクラリスに、彼は真っ直ぐな視線を返した。

「彼女は僕を献身的に助けてくれました。だから今度は、僕が彼女を助ける番です」

「……本当にルイーゼの力になりたいなら、今は焦らず力を蓄えろ」

「力……」

力さえあれば、大抵の理不尽ははね除けられる。聖女クラリスは、まだ子供のアーヴィングをそう諭した。

「広い世界を見て回れば、もしかしたら簡単にルイーゼを助け出す方法が見つかるかもしれない」

アーヴィングの両肩を掴み、クラリスは目線を合わせた。

「あたしはもう長くない」

「……そんな」

「いいから聞け。ルイーゼを救うには、この国そのものを変える必要がある」

聖女が居なくなれば、スタングランド王国の崩壊は不可避だ。

別の聖女に力を継承すれば、それはルイーゼの死を意味する。

一度聖女になってしまった者は、もう聖女の楔《くさび》から逃げることはできない。

「ルイーゼの場合、国外に逃げることはできるだろうが……この頑固者が素直に言うことを聞くとは考えられない」

ルイーゼの頭を撫で、クラリスは苦笑する。

——まるで母が子に向けるような、とても優しい目をしていた。

「人ひとりの力なんてたかが知れてる。ルイーゼを救うには、大勢の味方が必要だ——その一人目に、なってくれるか？」

アーヴィングは力強く頷いた。

「なります！　そして約束します。必ず、彼女を助けられるような強い男になることを！」

「……ありがとう」

クラリスはルイーゼに向けていた慈しむような瞳をアーヴィングに向け、微笑んだ。

——少年時代の自分は、無邪気に救ってもらった恩を返したいなんて思っていた。

自らを傷付けてまで助けてくれた。だから、それに報いたい。

……その建前の奥にある真意に気付いたのは、七年も後のことだ。

クラリスと別れたあと、アーヴィングはすぐに王位継承権を放棄。七年間、国外を放浪した。

日銭を稼ぐため冒険者となり、取り入れられる戦闘法はなんでも貪欲に吸収した。

同時に聖女を救う方法も探したが、それが見つかることはなかった。

もちろんそんなことで彼は諦めない。方法を見つけられなかったとしても、力さえあればルイーゼを守り抜ける。

それは半分間違っていた。ルイーゼは自分の意志で祈りを捧げている。力がいくらあっても彼女自身の考えを変えることはできない。

ただ、半分は正解だった。こうしてルイーゼの祈りを妨げようとする魔物に対抗できるからだ。

自分はもう、あの時のような無力な少年ではない。

「来い、ルイーゼの祈りが終わるまで、存分に遊んでやる」

ゆらりと女王が動く。

凍り付いた指先を自らちぎり落とすと、すぐに再生が始まる。変化はそれに止《とど》まらず――手全体が伸び、剣のようなものを形作った。

足も単なる飾りのようだ。滑るように移動し、剣と化した腕を振り下ろす。

果敢《かかん》に攻めてきているが、それは自ら氷魔法を喰らいに来ているのと同義だ。

「はぁッ！」

氷魔法を付与した剣を、下からすくい上げるように振り上げる。剣が女王の腕と交わり、そこから奴の身体が凍りはじめる――はずだった。

「何⁉」

女王が刃に変化させた部分だけが黒く変色し、さっきよりも凍るスピードが遅い。

斬った感触も別物で、まるで鋼のように硬くなっている。

「この硬さ……アイアンスライムか⁉」

アーヴィングが叫んだ名は、スライム種の中で最高の硬さを誇るスライムだ。

本体は手のひら程度の大きさしかないものの、その危険度はBランクに指定されている。

何しろアイアンスライムは硬い。下手な武器では表面に傷一つ付けられず、その硬さを活かした体当たりは生半可な防具をいとも簡単に破壊してしまう。

予期せぬ違和感に、アーヴィングの動きが乱れた。

その隙を縫うように、女王が口から紫色の液体を吐き出した。

「――ッ」

咄嗟《とっさ》に飛び退き、難を逃れる。体液が付着した地面から煙が立ちこめ……その場所に生えていた草が毒々しい色に変化してあっという間に枯れ落ちる。

「腐食液……アシッドスライム、か？」

スライムは腐食性を秘めていることが多いが、それを積極的に吐き出す種類がいる。

それがアシッドスライムだ。腐食液に特化したその体液は鋼すらも容易に溶かす。

アイアンスライムの硬度と、アシッドスライムの腐食液。

異なる二つのスライムの特性を持っているとしか思えない。

否、二つだけではない。

（まさか、こいつ……）

アーヴィングは確認のために女王のもとへ距離を詰め、至近距離で氷魔法を放った。

女王は全身を真っ白に変化させ、凍り付いて……いない。次の瞬間には元の透けた水色に戻り、何事もないかのように迫ってきた。

――フロストスライム。多くのスライム種の弱点である氷魔法を一切通さないという異端のスライムだ。

ここまで来ればもう間違いない。最悪な方向に、アーヴィングの予想は当たっていた。

「こいつ……すべてのスライムの能力が使えるのか」

それこそが女王の特性。最強のスライムたる所以《ゆえん》であると、アーヴィングは戦慄《せんりつ》した。


戦闘開始から五分が経過していた。

女王は剣でのつばぜり合いの合間に腐食液を吐き、あらゆる場所から針を伸ばし、身体の一部を変形させてアーヴィングに襲いかかってきた。

人型だから『手や足以外からは攻撃してこない』という先入観がある分、とても戦いにくく、戦況はずっと女王が優勢だった。

髪の毛の先、肘《ひじ》、膝、背中。ありとあらゆる場所からお構いなしに針が伸びてくる。

加えて、すべてのスライムの能力を併せ持っている。

アイアンスライムに変化している間は刃が通らず、氷魔法を放てばフロストスライムに変化して防御される。

間違いなく、アーヴィングがこれまで相手をしてきた中で最強の魔物だ。

唯一の救いは、同時に変化できないらしい……ということくらいか。

「ふんっ！」

隙を突いて風魔法をぶつけ、じわじわと狭まっていた監視塔との距離を開ける。

「これならどうだ！」

アーヴィングは地面を抉りながら水状に変化する女王に炎魔法を放った。盛大に火柱を上げるが……女王は身体に炎を纏ったまま平然と起き上がってくる。

「今度はフレイムスライムか……」

普通の魔物であれば、どれだけ強かろうと弱点がある。

最強生物のドラゴンだろうと首を斬れば死ぬのだ。

——しかし女王は、弱点らしい弱点を持っていない。

首を切っても、潰しても、凍らせても燃やしても、平然と起き上がってくる。

ダメージを受けているのかすら不明だ。

炎や氷も変化して防御する必要すらないのでは……と思わざるを得ないほどに手応えがない。

女王を倒す方法はたったひとつ。

アーヴィングは、ちらり、と監視塔に目を向けた。

あと十分ほどすればルイーゼの祈りによる弱体化が起きる。アーヴィングが女王を倒すためにはそれを待つしかない。

結局ルイーゼ頼りになってしまっていることに己の無力感を味わうが、後悔は後回しにする。

「はぁ……はぁ……」

ありとあらゆる魔法を駆使し、全方位からの攻撃を警戒しながら戦い続けている。致命傷は避けられているが、かわしきれず徐々に傷も増えてきた。

女王本体の攻撃力がそれほどないことが幸いしてなんとか戦えているが、体力の限界はすぐ近くにまで迫っていた。余計なことに思考を回している暇などない。

「……お前は余裕そうだな」

女王の能面のような表情からは何も窺《うかが》い知ることはできない。

疲れ、焦り、痛み、恐怖。何もない、虚無だ。

真に恐れるべきは、この無反応さにあるのかもしれない。

女王が再び滑るように移動し、距離を詰めてくる！

その時――

「――せりゃあああああッ！」

豪快なかけ声と共に、突然乱入してきた馬が女王を真横から跳ね飛ばした。

「な……に」

馬から飛び降りてきたのは――筋肉を鎧《よろい》のように纏った女性、ミランダだった。

「なんかヤバそうな奴じゃないか。助太刀させてもらうよ」

「馬鹿……逃げろ！　お前が敵《かな》う相手じゃないぞ！」

「ボロボロになってるヤツが何言ってるんだい。素直に喜びな」

アーヴィングの言葉を無視して、ミランダは手甲を装備した両手の拳を握り締めた。

「冒険者は二十年前に引退したきりだけど、多少は役に立てる。いざとなりゃ肉壁にでも使っておくれ」

ミランダは女王との実力差も、深入りすればどうなるかも分かった上でなおアーヴィングを――ルイーゼを助けようと動いてくれた。

その覚悟を前にいくら言葉を重ねても無駄だと悟る。

彼にできることは一つ。自分もミランダも死なないよう、力を合わせること。

「……あいつは女王という種だ。すべてのスライムの特性を備えている」

「そいつは厄介《やっかい》だねぇ」

「アイアンスライム――ヤツの表面が黒くなった時は攻撃するな。拳が壊れるぞ」

「了解。その調子で指示をおくれ」

ミランダはちらり、と監視塔の上を見やってから、嬉しそうに唇の端を歪めた。

「不思議なものだねぇ。あれこれといがみ合っていたアタシたちが共闘するなんて」

「……フン」

鼻を鳴らして言葉を濁しながらも、それについては同感だった。

七年間で、アーヴィングは随分と人を疑うようになってしまった。

――「アタシはあの子につくよ」

もっと早く彼女の言葉を信用していたら……現状はもっと変わっていたのかもしれない。

「どうだい。この騒ぎが収まったら三人で一杯やろうじゃないか」

「……悪くない」

軽口を叩き合う二人の視線の先。馬に飛ばされて形を崩していた女王が、ゆらりと元の姿に戻った。

立ち上がる女王の傍らには、ミランダの乗ってきた馬が横たわっている。

首を斬り裂かれ、瞳からは既に生気が失われていた。

「んで、何か作戦はあるのかい？」

「ルイーゼの祈りが発動することで奴は弱体化する。それまで時間を稼ぐ」

女王は自らの腕に付着した馬の血を振り払い、アーヴィングたちのもとへ迫る。

「なるほど。あとどれくらいだい？」

「およそ五分だ。深追いせず、監視塔から注意を引き離すことだけに注力しろ」

「あいよ！」

アーヴィングの言葉足らずな指示を聞いただけで、ミランダはすべてを理解した。

すぐさま女王の視界――あるかどうかは不明だが――から離れるように真横へ駆け出す。

「ふんッ！」

正面からアーヴィングが迎え撃ち、女王の動きを止める。

女王の髪の毛——に擬態している部分がピクリと揺れ、針のような切っ先が彼の喉元を捉えた。

「スキありぃ！」

それが伸びるよりも早く、ミランダが背後から女王の頭を殴りつける。ぱちゃん、と水音が鳴り、首から上がはじけ飛んだ。

それも一瞬のこと。すぐに再生が始まるが——十分だ。

「おおおッ！」

アーヴィングは霜《しも》を纏わせた剣で、女王の胴体を袈裟斬りにする。

打撃も斬撃も効果はないが——再生中は動きが止まる。特に、頭部を破壊するとそれがより顕著に表れる。外からでは見えないが、脳のような指令系統が存在するのかもしれない。

それを利用し、女王に波状攻撃を仕掛ける。

予想通りアーヴィングの剣をまともに喰らい傷口を凍らせると、女王は初めてたたらを踏んだ。

「それぃ！」

ミランダが凍り付いた女王の胴体に拳を叩き込む。硝子《がらす》が割れるような音と共に、身体に大きな亀裂が走った。

「もう一丁！」

全身のバネを使い、存分に威力を乗せた右拳を振り抜く。ひび割れた箇所が完全に崩壊し、女王が粉々に砕ける。

「下がれ！」

飛び退くミランダと入れ替わるように、魔法による熱風――風魔法と炎魔法を混合したものだ――が、バラバラになった欠片を呑み込んでいく。

「――意外と息ピッタリじゃないか。アタシたち」

端から見ればそうかもしれない。

しかし実際は、ミランダが動いて欲しい場所を的確に見極めているおかげだ。

集団での戦いに相当慣れている。加齢による衰《おとろ》えはあるが、十分に前線で通用する実力にアーヴィングは内心で舌を巻いていた。

「油断するな。あいつはこの程度では死なん」

「分かってるよ。でも少しくらいは効いて……」

ミランダの言葉を否定するように、炎の中でバラバラになった女王の欠片が集合し――人型に戻っていく。

「……ない、みたいだね」

「あったとしても、蚊に刺された程度だろう」

「手応えバッチリだったのに……本当に、化け物だね」

「ああ。だが、それもあと僅かだ」

残り三分。

ルイーゼの封印が発動すれば、相当な弱体化が見込めるはずだ。

『……ケ』

それまで無言だった女王が、言葉を発した。

もともと喋れたのに話さなかったのか、それとも人間の声帯のようなものを『作った』のか。

『ケケケケケケケケケ』

感情も抑揚もない、連続した単語。

――なのになぜか、笑い声をあげているように聞こえた。

「もう一度、二手に分かれてやるよ！」

「ああ！」

先ほどと同じようにアーヴィングが正面から迎え撃ち、女王の気を引く。

その隙にミランダが回り込み、死角からの一撃を――

「な、にぃ⁉」

女王の肩から新たな腕が生えてきて、ミランダの拳を受け止めた。

後頭部の一部が変形し、もう一つの顔がにょきりと首を伸ばした。前の顔と後ろの顔――四つの瞳がそれぞれ、アーヴィングとミランダを見据える。

――分裂。

スライムが増殖する時に見られる現象だが、身体の一部だけを分裂させるなんて聞いたことがない。

（これも女王の特性か!?）

『ケケ、ケ』

「ちぃッ！」

女王は、ミランダの顔めがけて腐食液を吐き出した。

間一髪で首を反らして回避するが、間に合わず肩に付着してしまう。

アシッドスライムの腐食液はいとも簡単に鎧《よろい》や服を蒸発させ、皮膚を、筋肉を――骨までをも溶かしていく。

「あ――あああああああッ！」

「ミランダぁ！」

アーヴィングは女王を風魔法で吹き飛ばすと、急いで彼女の肩に剣を押し当てた。

アシッドスライムの腐食液が付いてしまった場合の対処法はただ一つ。傷口が広がる前に、その部分を『抉り取る』しかない。

「少し痛いが我慢しろ」

「――が、ぐぎぃ……!?　助、かったよ」

肩から血を流しながら、ミランダは食い縛った歯の隙間からうめき声を漏らす。

女王は馬の死体まで吹き飛び、そこでまた崩れた身体を再生させていた。

「今のうちに止血を」

「自分でできる。アンタはあいつから目を離すんじゃないよ」

ミランダは肩の筋肉を収縮させ、血を無理やり止めた。懐《ふところ》から取り出した包帯を乱雑に巻き、ものの数秒で応急処置を終わらせる。

『ケケケ』

対する女王は横たわった馬の、ぱっくりと開いた傷の上に掌をかざしていた。

そこから水滴が落ちるように、女王の身体の一部が馬の中に入り込む。

「あいつは何をしているんだい？」

「……分からん」

訝《いぶか》しく思ったのも束の間。突然、死んだはずの馬がびくりと身体を震わせ——何事もなかったかのように起き上がった。

血が溢れ出ていた箇所にはスライムが膜のように張られ、それが流血を防いでいる。

「な、なんだいありゃあ……！　馬が生き返ったよ⁉」

「……スレイヴスライム」

「何？」

「実物は見たことがないが……他の生物の脳を乗っ取る寄生型のスライムだ」

その特性ゆえに危険視され、何十年も前に狩り尽くされて絶滅したはずだ。

(しかし……死んだ生物にすら寄生できるとは)

もしかしたら身体の一部だけを分裂させたことと同様、女王だけが持っている特性なのかもしれない。

『ケケケ、ケケケケケ』

女王が馬の上に飛び乗り、アーヴィングたちのもとへ突進してくる。

蹄《ひづめ》が大地を蹴り上げるたび、馬の身体のあちこちから血飛沫が飛ぶ。生物が持つ限界を無理やり外《はず》しているからこそ出せる速度だ。

「俺の後ろに隠れろ」

ミランダを庇《かば》うように前に出て、アーヴィングは剣に力を込めた。

――もう魔力が残り少ないが、馬を止めるにはこれしかない。

風魔法を最大出力で放ち、馬の身体――と、その上に乗っていた女王を両断する。

『ケケケ』

女王の身体が不自然なほどはじけ飛び、二人の背後で再結合する。

「しまっ……」

馬は囮《おとり》だった。自分で自分をバラバラに分解して、戦わずして二人をやり過ごすための。

『ケケケケケ、ケケ』

女王が液状に変化し、監視塔の外壁を駆け上がる。

(急いで追いかけ――いや、間に合わない!)

「ミランダ!　ルイーゼが落ちてきたら受け止めてくれ!」

「な、何をするつもりだい!?」

「監視塔を破壊する!」

——残り、一分。

中途半端な攻撃で動きを止め損なえばルイーゼが殺されてしまう。

確実に阻止するためには、いっそ威力を絞らず監視塔ごと破壊してしまえばいい。

ミランダがいるからこそ選択できる作戦だ。

アーヴィングは懐《ふところ》から一枚の鱗《うろこ》を取り出す。

「それは？」

「竜巻龍《トルネードドラゴン》という種の鱗《うろこ》だ。これで疑似魔法を使う」

——疑似魔法。

人間では使えない系統の魔法を使えるようにする技だ。使用には媒介——元となる魔物の身体の一部が必要になる。

アーヴィングはドラゴンの鱗《うろこ》を握り締め、それに魔力を込める。

「——ぐっ」

魔力どころか、生命力そのものを吸い取られるように身体の力が根こそぎ持って行かれる。万全の状態ですら歩けなくなるほど消耗するのだから、疲労困憊の今ではそれも当然だろう。

ルイーゼは命を懸けてずっと祈りを捧げてきた。それを思えば、生命力を吸い取られるくらいどうということはない。

「いくぞ！」

女王ではなく、監視塔の根元を吹き飛ばすようなイメージで腕を向ける。荒れ狂う魔力を解放する呪文《ことば》を、力強く唱えた。

「『疑似魔法』――〝竜の暴風《ドラゴンストーム》〟」

――息ができなくなるほどの圧力を孕《はら》んだ風が、腕先からほとばしった。あまりの威力に、踏ん張った足が土を削りながら後ろへ下がっていく。魔力不足により反動の制御が追いつかず、指先がてんでバラバラな方向に折れ曲がったが……痛みに悶える余裕などなかった。

払った代償は大きかった分、威力は絶大だ。暴風により監視塔の下半分が粉々に砕けていく。巻き添えを喰らうような形で、女王もバラバラに千切れ飛んだ。

「ルイーゼ！」

支えを失い落下する監視塔の上部。

そこにミランダが飛び乗り、懇々《こんこん》と祈り続けるルイーゼを抱えて飛んだ。

――その背後から、再生を果たした女王が身体ごと刃に変化し、ミランダを串刺しにしようとしているのが見えた。

「――させる、かぁッ！」

一秒を何十倍にも凝縮した時間の中で、アーヴィングは震える足に拳を叩き込んで活を入れ――左手を振りかぶった。

使い慣れた剣をめいいっぱいの力で放り投げる。回転する軌道を描いたそれは女王に命中し、崩れ落ちる監視塔にその身体を縫い付けた。

『ケ――ケ』

砂塵を盛大に舞い上げ、女王は瓦礫《がれき》の崩壊に巻き込まれた。

——残り、三十秒。

「ミランダ！　まだ油断するなぁ！」

瓦礫《がれき》の下敷きになった程度で死ぬような魔物ではない。アーヴィングは崩れ落ちた監視塔から目を離さず、ルイーゼのもとへと急いだ。

時を同じくして、瓦礫《がれき》の隙間を縫うように小さな水溜まりがいくつも集合していく。ルイーゼのもとへ移動しながら結合を繰り返し——また元の女型に戻る。

「させないよ！」

ルイーゼを地上に降ろすと、ミランダは真正面から女王の顔面を拳で打ち抜いた。

顔の真ん中に大穴を開けるが——

「何ぃ!?」

女王の身体が、大きく変化する。

顔のあった部分が手を形作り、消えた頭が肩口あたりから新たに生えてくる。

変化が終わると、まるでミランダの拳を両手で受け止めた状態になった。

女王の腕が黒く変色し、アイアンスライムの硬度を得る。ミランダの巨体が持ち上がり——二度、三度と地面に叩きつけられる。

途中、ボキリと嫌な音がアーヴィングの耳に届いた。

「が、は……」

放り投げられるミランダ。掴まれた腕は無残にも折れ曲がる。

それを助ける時間はなかった。

『ケケケケ』

――あと十秒で祈りは発動する。

しかし祈り終わったとしてもすぐに効果が出るかは不明だ。

もし、封印の効果に時間差があれば……もはや勝機はない。

右の指は折れ、剣を失い、体力も魔力もとうに限界を超えている。

奥の手である疑似魔法の媒介ももうない。

それでもアーヴィングは臆さず女王の前に立った。

「来い。ルイーゼには指一本触れさせんぞ！」

『……ケ』

それが単なる強がりだと見抜いているのか、女王はまるで意に介さず近付いてくる。残る力を足に集中させ、アーヴィングは攻撃を受け止める体勢を取った。

『――っ⁉』

……が、アーヴィングに伸ばした指が触れる直前で、女王は急停止した。

『ケ――ケケケケケ』

一歩、二歩……と、後ずさりしていく。その視線は、彼の後ろを見ていた。

「……ルイー、ゼ」

アーヴィングが振り返ると、ルイーゼが祈りの姿勢を解いて立ち上がっていた。

彼女は慈愛に満ちた目を彼と、ミランダに向ける。

「ありがとう二人とも。もう大丈夫だから」

——天使の賛美歌。

そう錯覚するほど優しい声音。まるでそれ自体が魔法の呪文であるかのように、身体の疲れや痛みが消えてなくなっていく錯覚に包まれた。

「あとは、任せて」

ルイーゼが、女王の前に立った。

「おまえ……私の仲間に何をした？」

アーヴィングたちに向けた言葉とは打って変わり、低い声でルイーゼが唸る。

『……ケ』

初めて、女王が感情を露わにした。

それは——恐怖だ。

ルイーゼは戦う力を持っておらず、弱い。

部屋の角で瞑想《めいそう》するのが日課で、暇さえあれば雑巾《ぞうきん》で掃除をするのが趣味で、少し運動をしただけで筋肉痛を起こす。『最弱』を体現したような少女だ。

一方で、女王は強い。

ありとあらゆる攻撃を無効化し、すべてのスライムの特性を併せ持つ。まさに女王の名にふさわしい『最強』を体現した魔物だ。

『最弱』と『最強』。なのにルイーゼが女王を圧倒し、怯えさせていた。

ルイーゼはおかまいなしに距離を詰める。封印は既に発動しているようで、徐々に女王の身体が縮んでいく。

『ケケケケ……ケ！』

悪あがきのように指を針に変化させて攻撃してくるが、指が真っ直ぐに伸びず勝手にルイーゼを避けていく。わずかに掠《かす》り、肌を薄く斬り裂く程度だ。

「ルイーゼ！　危険だ！」

「平気。こんなやつ全然怖くない」

ルイーゼは臆することなく進み、女王のもとへ辿り着くと――掌を、天高く掲げた。

「知性のない魔物に戻り、永遠にこの地を彷徨《さまよ》え」

パァン、と盛大な音を上げ、女王の横っ面に平手打ちを食らわせる。

ルイーゼの手が当たった場所を中心に、ぶすぶすと煙を上げて女王の身体が蒸発していく。

『ケケケゲゲギゲゲ……ゴッ！』

女王は断末魔の叫びのような悲鳴をあげて暴れ回り――そして、形を崩しながら傍を流れていた川へ落ちた。


「アーヴ！」

「俺は平気だ。ミランダを頼む」

ルイーゼはすぐさまミランダに癒しの唄《うた》を使用した。彼女の身体が光に包まれ、折られた腕やアーヴィングが抉り取った肩の傷までもが元通りになる。

「次はアーヴの番よ」

「俺はいい。そこまで深手は負っていない」

祈りに比べれば癒しの唄《うた》で削れる寿命は微々たるもの。

これはルイーゼとクラリスが口を揃えて言っていた。

しかしその僅かですら、アーヴィングは削って欲しくなかった。

なので平静を装うが――ルイーゼは半眼でそれを否定する。

「そんなボロボロの状態で言われても、嘘だってバレバレよ」

「……Sランクの魔物に付けられた傷だ。これは勲章《くんしょう》になる」

「ダメ。そこに座りなさい」

「……実は治癒魔法の練習中でな。これだけ傷があればいい訓練に」

「早く」

「……」

結局押し負け、アーヴィングはルイーゼの治療を受けた。

七年前。初めてルイーゼを見た時は、その可憐な容姿と相まって物語の中の聖女が飛び出してきたと本気で思っていた。

清楚で、自己犠牲《ぎせい》と慈愛に満ちた聖女の中の聖女であると、そういう勝手な印象を持っていた。

しかし実際に話してみると、それは全くの間違いだった。

だからアーヴィングは、出会ってすぐに自分の本音を漏らした。

――「聞いていた聖女と随分話が違うな」と。

すぐにいじけて、暇さえあれば瞑想《めいそう》と掃除を繰り返すとんでもなく変わった女だ。

そして、とんでもなく頑固だ。

(そんな彼女だからこそ俺は――いや、何も言うまい)

「封印はどうなった？」

「第三段階まで下げたわ」

第三段階の強さであれば、油断さえしなければ騎士で十分に対処可能だ。

ひとまず国家崩壊の危機は乗り越えたと言っていいだろう。

「身体は？　相当な負荷が掛かっているんじゃないのか」

「掛かってないって言ったら嘘になるけど……でも大丈夫よ」

「そんな訳あるか。こんなに血を流しているのに」

アーヴィングは左手で彼女の唇から流れる血を拭った。折れた右手は綺麗に治癒してもらったが、まだうまく動かせない。

「あ……これは違うの」

「何が違う。負荷がかかっている証拠だろう」

少し責めるような口調になってしまったが、この頑固者を分からせるためにはこれくらい強く言う必要がある。

ルイーゼが自己犠牲《ぎせい》を直してくれるなら、自分は嫌われたって構わない。

しかしルイーゼは気分を害した様子はなく、むしろ晴れやかな笑みを浮かべている。

「ずっと我慢してたの」

「何をだ？」

ルイーゼは精神統一が不十分なままで祈りを開始していた。集中を欠き、外界からの雑音も完全には遮断できていない状態だったと言う。

——なので当然、アーヴィングたちが戦う声も聞こえていた。

「『激励の唄《うた》』を使えば二人の力を強めることができた。だから加勢するか、ずっと迷ってたの」

激励の唄《うた》——身体能力強化の効果を持つ唄《うた》だ。

それを使っていれば、アーヴィングたちは助かる——あの化物を倒せるとは思えないが、それでも相当楽に立ち回れたはず——が、祈りを遅らせることで全体の被害は拡大する。

全を取るか、個を取るか。その狭間でずっと揺れ動いていたらしい。

「でも、二人が私を信じてくれたから。だから私も二人を信じることにしたの」

アーヴィングとミランダなら、どんな強敵でも止めてくれる。

そう信じたからこそ、ルイーゼは迷いを断ち切って祈りに集中できた。

さすがにミランダが大怪我を負った時は集中が切れそうになったらしいが、唇を噛むことでやり過ごした。だから、唇の傷は祈りが原因ではない。

「ありがとうアーヴ。私を命がけで守ってくれて」

「……ふん。約束だからな」

ルイーゼの笑顔を直視できず、アーヴィングは明後日の方向を向いた。

「大丈夫ならいいが、絶対に無理はするなよ」

「うん。全然平気、大丈ぶっ」

「ルイーゼ⁉」

ぐらりと頭が揺れ——倒れそうになるところを慌てて支える。

「だいじょうぶ——と思ったんだけど、やっぱり……辛いかも」

あはは……と、力なく笑うルイーゼ。アーヴィングに体重を預け、胸のあたりに顔を押し付けた。

「お言葉に甘えて。次の祈りまで、少しだけ……ここで、休ませて……ね」

▼

「……どういう修業したんだよ。前とは別人じゃねえか」

ゴブリンの王を相手に、エリックは苦戦していた。

攻撃はすべて見切られ、何度も地面に転がされる。たった数日で、王の強さはエリックを遙かに超えていた。ナイフ捌《さば》きはもちろんのこと、体術までもが彼の数段上を行っている。

強くなったというより——元の強さに『戻った』というべきか。

王の攻撃を受けるたび、魔物なんて大したことないと馬鹿にしていた自分の愚かさが身に染みる。

己がいかに井の中の蛙であったのかを、嫌というほど思い知らされる。

だからと言って、みすみすやられるつもりは毛頭なかった。

(俺は、もっと強くなるんだ)

『キキキ、キキァ』

王が聞き取れない言葉を呟く。

きっと何か意味を含んでいるんだろう——周辺で壁役になっているゴブリンたちが、その声に反応してキィキィと喚き立てる。

手も足もでないような状態だったが、王は決してトドメを刺してこようとはしなかった。エリックの心が折れるまでじっくりといたぶる腹積もりらしい。

体力は限界に近付いていた。意識が朦朧《もうろう》として身体に力が入らない。剣の重みに指が負け、何度も落としそうになってしまう。

視界が狭くなるにつれて、次第に周囲の音も遠ざかっていく。

「ふーっ、ふーっ」

欠けていく意識に取って変わるように、自分の呼吸や鼓動の音がやけに大きく聞こえる。

それが死の前兆であると、心のどこかが理解していたが——不思議と恐怖は感じなかった。

勝ち取らなければならない。ただ漫然と享受し、浪費していた『生』を。そのために——エリックは『死』を拒絶するのではなく、あえて受け入れた。

『キキィ！』

王がナイフを突き出してくる。

エリックは刃から逃げようとして、足がガクンと下がった。ただ単に力が抜けただけだったが、それにより攻撃を避けることができた。

「――あ」

唐突に、理解する。

これまで避けようとして無駄な力が入りすぎていたことを。

ナイフで斬られると痛い。痛みが強くなれば死ぬ。戦いを繰り返せば慣れるとはいえ、やはり本能がそれを忌避《きひ》してしまう。だから無駄な力・不要な動作がどうしても入ってしまう。

その力を抜けるかどうか。『できる』か『できない』か。

実力者と呼ばれる者とそうでない者の差は、ここにあった。

『キギギァッ！』

王が連続でナイフを繰り出す。

エリックはそれを最小限の力・最低限の動きでかわしていく。

その動きは、ギガンテスと戦っていたキースが行っていた足さばきそのものだ。

(できた……できたぞ！)

これまでにないほどの達成感が脳を痺《しび》れさせたが、再現できたのは僅か十秒程度だ。

達成感が逆に雑念となってしまい、繰り出された肘《ひじ》をまともに受けてしまう。くの字に身体が折れ曲がったところに、渾身《こんしん》の蹴りを叩きこまれる。

「ごほ……ッ！」

身体が地面を滑り、崖際まで吹き飛ばされる。

パラパラと落ちた小石が下にある川に着水する時間差が、谷底までの高さを雄弁に物語っていた。

『キキッ、キキキィ！』

「ぐふ!?」

王が馬乗りになり、ナイフを天高く掲げる。

トドメを刺す、という宣言だろうか。取り巻きのゴブリンたちが喝采《かっさい》をあげる。

（マズい。さすがにこの状態じゃ、避けるものも避けられねえぞ！）

王は、ナイフを逆手に持ち替え——一気に振り下ろした！

それを両手で受け止めるが——相手のほうが膂力《りょりょく》が上だ。徐々に、ナイフがエリックの喉元に迫ってくる。

『キッ……ギ!?』

あと一押しで刃が喉元に食い込む——というところで、王が急に頭を抱えて苦しみ始めた。

取り巻きのゴブリンたちからも苦しげな声があがり、それは次第に悲鳴へと変化し広がっていく。

王は構わずナイフを振り下ろしてきたが、先ほどよりも力が弱まっている。

エリックは最後の力を振り絞ってそれを押し返した。

負けじと王は己の体重も乗せて刃を沈ませようとする。

徐々に遠ざかっていたナイフの切っ先が再び沈み――エリックの目と鼻の先まで下りてくる。

「お……おおお……！」

『キキキキ……キ！』

こんな極限の状況であるにもかかわらず、なぜか脳裏に浮かんだのは。

――「エリック！」

相棒である、ピアの笑顔だった。

「お……おおおおおおああああああッ！」

ナイフを押し返したエリックはそれを奪い取り、刃を逆さに向けて王の胸にそれを突き刺した。

『ギゥ!?』

ゴブリンが傷口をかきむしって暴れ始める。その身体がぐらりと傾き――

『ガ、ガギアアアアア！』

――そのまま、断末魔の叫びをあげながら崖《がけ》に落ちた。

残ったゴブリンたちの身体がみるみるうちに縮んでいき、弱いゴブリンの姿に戻っていく。彼らは起き上がるエリックの姿を認めると、蜘蛛《くも》の子を散らしたように逃げて行った。

「勝った……のか？」

苦しみ出したゴブリン……おそらく、あれが聖女の祈りの力なのだろう。

そのおかげで勝てたのは間違いない。

しかし……最後にエリックの力を振り絞らせたのは、他ならぬ相棒のおかげだった。
理由は——今のエリックには分からなかった。

「おーい」

エリックは傍に落ちていた手ごろな木を杖代わりにして、なんとか魔窟《まくつ》までたどり着いた。

そこにいたキースとレイチェルの後ろ姿を認め、手を上げる。

「エリック！　無事だったのね」

「ああ。なんとかな」

「応急処置するわ。こっちにいらっしゃい」

手当を受けながらキースのほうを見やると、彼は呆然と魔窟《まくつ》に目を遣っていた。

「キース？」

「……あ、ああ。ゴブリン相手に生き延びるなんてなかなかやるじゃねえか」

彼らしからぬ反応の鈍さだった。さすがのSランク冒険者も、戦いすぎて疲れているんだろうか。

戦闘中に感じていたキースの殺気はすでに消え失せ、圧は全く感じない。

今の自分なら、あの殺気を受けても平気なのかを試してみたかったので少し残念だ。

「やっぱり魔窟《まくつ》、壊せなかったか」

周囲の草木が焼けてなくなっているものの、魔窟《まくつ》は依然として存在していた。

「ああ。どうもただの岩じゃねえみたいだ……見てくれ。おかげで愛剣が折れちまった」

彼が担いでいた巨大な大剣が、中腹で真っ二つになっていた。相当思い入れがあるのか、悲しそうに折れた部分をさすっている。

「新しい武器作らねえとなぁ……」


治療を終えたエリックは、魔窟《まくつ》のもとへと足を運んだ。

数メートル進むだけで行き止まりになるような、本当に小さい洞窟だ。これといって何もなく、聖女の力を認めた今でもここが魔物の力の根源とはにわかに信じられなかった。

「……ん？」

魔窟《まくつ》の中、重なり合っている岩の間が僅かにズレていて、拳大の隙間ができていた。

（なんだこりゃ。こんなの、前からあったか……？）

なんとなく興味を惹かれ、隙間に手を伸ばす。

「――エリック」

その前に、キースに肩を叩かれる。

「こんなところで何してんだ。街に戻ろうぜ」

「あ……あぁ」

彼はもう一度目を向けるが――たった今まであったはずの隙間は、もうどこにもなくなっていた。

（見間違い……か）

▼

——ニックを発端とした一連の騒動から一週間が経過した。

「ん……」

ルイーゼは柔らかなベッドの上で目を覚ます。

彼女がいる場所はあの牢《ろう》の中ではなく、国外からの来賓をもてなす専用の部屋だ。今回の騒動に決着がつくまで、ここで暮らすようにとギルバートから仰せつかっている。

もちろん、どこであろうと祈りを欠かすわけにはいかない。

服を脱ぎ、清潔な布で身体を清めながら邪念を払い落としていく。

役目を授けてくださった神への感謝と、連綿と国を守ってきた聖女への礼賛《らいさん》と、魔なる者への憐憫《れんびん》。

それらで頭をいっぱいにしてから、法衣を着用した。

「……」

膝を折り、両手を合わせ——祈る。

ミランダが用意した食事を食べ始めてから、身体の調子がすこぶるいい。

祈った後の反動も、以前よりかなり軽減されるようになった。これまで食事など腹が膨れればそれでいい程度に思っていたが……その重要性を、結果として示してくれた。

祈りを終えて、首を傾げる。

「やっぱり……封印の段階が下がらない」

祈りの効果で魔窟《まくつ》の再封印は果たした。しかし僅かではあるものの——第六段階を迎えていた。その間、ルイーゼの感覚ではほんの数分程度だったが……その数分間、封印は完全に解けていた。その間、魔窟《まくつ》に何があったかは分からない。

ただ事実として、ルイーゼがどれだけ祈りを捧げても、以前の状態に戻らなくなっていた。

まるで完全に閉じようとしていた扉の隙間に、『手』が挟まっている——そんな気味の悪さを感じてしまう。


「おはようございますルイーゼ様。頭の包帯をお取り替え致します」

ちょうど祈りが終わったタイミングで部屋がノックされ、背筋を伸ばしたメイドが入ってきた。

以前閉じ込められていた場所も牢《ろう》にしては十分に豪華だったが、ここは比べるべくもない。

調度品、照明、絵画、ベッド——すべてが超のつく一級品だ。当然ながら配置されているメイドも超一流のエリートだ。作法や仕事ぶりに加え、外見も厳選されていると容易に想像できる。

「大分よくなってますね」

「本当ですか？」

「ええ。これなら痕もほとんど残らないと思います」

メイドはルイーゼの髪の毛が傷に触れないよう結んでから、慣れた手つきで包帯を巻き直す。

「終わりました。ミランダ様とアーヴィング様が外でお待ちです」

「ありがとうございます」

ルイーゼはメイドに頭を下げてから部屋を出た。


あの一件を境に、国内では様々な変化が起きていた。

国王ギルバートは約束通り、聖女の必要性を喧伝《けんでん》してくれた。

聖女の祈りがなければこの国はどうなるのか。多くの人々が身を以《もっ》て体験した直後だったので、すぐにその重要性は広く知られることとなる。

そして多くの国民が、ルイーゼに謝罪したいと申し出てきた。

さすがに全員からの謝罪を受けている時間はないので、代わりとして教会に祈るようにと、併せて広めてもらうよう国王にお願いをした。

今、教会は懺悔《ざんげ》をしたいという人で溢れているそうだ。


「――ではこれより、裁判を開始する。罪人をここへ」

国王が厳かに告げると、騎士が罪人――口を半開きにしたままぼんやりと虚空を見つめるニックを連れてくる。

二週間前、自信満々な様子で追放をルイーゼに告げた彼とはまるで別人だ。

「ニック・スタングランド。貴様は王族でありながら『聖女の祈りは不要である』とあらぬ嫌疑を聖女ルイーゼにかけ、国の要《かなめ》である祈りを中断させた。相違ないな？」

「……あります」

「何？」

「相違、あります……！　僕は騙《だま》されただけなんです！」

ニックの形相が急変する。髪を振り乱し、騎士を押し退けそうな勢いで叫ぶ。

「あ、あいつが！　あいつが聖女なんていらないって言うから……聖女の祈りを止めさせれば僕が王になれるって言うから、僕はそれに従っただけだ！　僕は悪くない！」

ニックは突然、誰かにそそのかされたことを白状した。

もしそれが本当であれば、真犯人は別にいるということになる。

彼は操られただけ……となると、話は大きく変わるが――

「あいつ、とは誰だ」

「あ……え」

「名は？　性別は？　年齢は？　職業は？」

国王が矢継ぎ早に質問を繰り出すが、ニックはしどろもどろになるだけで何も答えない。

「どうした。まさかそこまで信頼を寄せる相手の名を知らぬという訳ではあるまい」

「あ……あいつは、あいつです……！」

ニックは手錠で繋がれた手で頭を掻《か》きむしりながら、何度も同じ言葉を繰り返した。

「なんで……思い出せないんだ……あいつの名前を……ッ！」

国王はしばらくの間、ニックが名前を言い出すかどうかを待った。

しかし……ついに彼の口から名前が出ることはなかった。

「……判決を言い渡す」

「待ってください！　もうすぐ思い出します！　もう喉元まで出てるんですッ！」

「これ以上は時間の無駄だ。いたずらに民を巻き込み、国の根幹を大きく揺るがした。その罪は決して許されるべきではない」

ニックを遮り、ギルバートが判決を言い渡した。

「罪人ニックを市中引き回ししたのち、斬首の刑に処す。執行の日まで、己のしたことを牢《ろう》の中で悔いるがいい」

「ち、父上ェーッ！　お願いです、僕の、僕の話を……！」

そのままニックは兵士に両側から腕を掴まれ、引きずられていく。

――扉の端にしがみつきながら、彼は怨嗟に満ちた目をルイーゼに向けてきた。

「どうして僕だけがこんな目に⁉　祈りを止めると言い出したのはルイーゼだ！　僕を罰するというのならあの小娘も同罪のはず！」

「……」

ニックの放った言葉は鋭い刃となり、ルイーゼの良心を深く突き刺した。

彼の言う通り、祈りを止めるよう提案したのは他ならぬ彼女自身だ。独りよがりの決断で、多くの人々を危険に晒《さら》した。

大きな怪我を負った者、魔物の姿に恐怖した者、命を落とした者――。ルイーゼが祈っていれば助けられた者たちだ。

聖女の必要性を説くため——という大義名分があったとはいえ、許されることではない。

「罰など必要ない。彼女はそれを補って余りある功績を残している」

ニックの視線からルイーゼを守るように、アーヴィングが二人の間に割って入る。

「アーヴィング！　よくも僕の覇道を邪魔しやがったなクソ弟がぁ！」

「その言葉、そっくり返させてもらう」

「何ぃ⁉」

「よくもルイーゼを蔑《ないがし》ろにしてくれたな……このクソ兄が」

背中側にいるルイーゼからはアーヴィングの表情は見えない。ただ……恐ろしい怒気を放っていたニックが、一瞬で怯えた表情に変わったところを見るに、相当な顔をしているんだろう。

アーヴィングが自分のために怒ってくれている。

——それだけで、ルイーゼは救われたような気分になった。

「さて。アーヴィング、そしてミランダよ」

「は」

ニックが退場したのち、二人はそれぞれギルバートへ頭《こうべ》を垂れた。

「此度の活躍に関し、特例として謝礼を授ける。望みを述べよ」

「では、聖女研究所の設立を許可していただきたく存じます」

「聖女研究所、とな？」

首を傾げる陛下に、アーヴィングは説明を始める。

「聖女の重要性は今回で十分に痛感できたかと存じます。ですが現在、聖女は一世代につき一人。これは国防上で大きな弱点になります」

「ふむ。具体的には何を？」

「聖女——ひいては祈りの力を解明し、最終的には魔窟の完全な破壊を目指します」

「……ほう」

アーヴィングの提案に、ギルバートは眉を上げた。

「聖女の解明と魔窟の破壊——この百年、誰も為し得なかったことをやるというのか？」

「はい。スタングランド王国の繁栄をより盤石にするためにも、必須かと愚考します」

アーヴィングとしてはすぐにでも祈りを止めさせたい。

しかし、それを言ったとて許可されるはずがない。だから、あくまで国防のためという建前を用意することで上手に本音を隠している。

「……分かった。大臣と相談し、実現の方向で話を進めよう」

「ありがとうございます」

「して、ミランダの望みは？」

「可能であれば、聖女ルイーゼの健康管理を私に一任していただきたく」

「そんなことでいいのか？」

国王陛下に直接望みを叶えて貰うという、一生を何度か繰り返してようやく起きるレベルの奇跡。

――それをミランダは、あっさりと棒に振った。

あまりに突拍子もない願いに、国王も困惑している。

「はい。すべては御国のためでございます」

ミランダもアーヴィングに倣《なら》い、建前と本音を上手に混ぜている。国王はそれを見抜いているのかいないのか、薄く笑いながら頷いた。

「……うむ。許可しよう」

「という訳だ。これからもよろしくな、ルイーゼ」

ミランダはルイーゼに向き直り、頭をわしゃわしゃと撫でた。大きくてゴツゴツしたその手が、ルイーゼはいつの間にか大好きになっていた。

心の中が、温かいもので満たされていく――

「――そんな必要はありません」

その熱を奪い去るように、冷たい声が裁判所に響き渡った。

声に吸い寄せられるように一同が振り返った先には。

聖女の管理を一手に担《にな》う教会の頂に立つ人物がいた。

「教主……様」

彼を見た瞬間、ルイーゼの足は自然とそちらに向かっていた。

「ルイーゼ、待て」

「離して」

引き留めるアーヴィングの手を振り払い、ルイーゼは教主のもとへ駆け寄った。

——ふわりと、独特の香りが鼻孔をくすぐる。彼がいつも付けている香水だ。

この匂いを嗅ぐと、ルイーゼはとても心が落ち着いた——すべてが、どうでもよくなるほどに。

「心配しましたよ。ですが元気そうで何よりです」

教主は薄く微笑んでから、ルイーゼを強く——爪が食い込むほど、力強く——抱き寄せた。

アーヴィングが、ギリ、と歯を噛むが……ルイーゼの耳にその音は届かなかった。

「ご心配をおかけして、ごめんなさい」

「いいのですよ。あなたは悪くありません」

教主は慈愛に満ちた目をルイーゼに向ける。

(この目……とても安心する)

頭の芯が痺《しび》れる。周囲の何もかもが、ぼんやりとした靄に包まれていく。

視界も。

身体も。

思考も。

「あとは私にお任せ下さい」

「……はい」

意識を保ったまま、ルイーゼの意識が途切れた。

▼

「……アンタが教主様かい」

教主を睨みながら、ミランダは敵意を剥き出しにした。

彼女の脳裏に浮かぶのは、出会った直後の痩せこけたルイーゼの姿だ。

どう見ても限界をとうに超えていた。それを平然と見過ごしていた男が、どの口で心配したなどと言うのか。

しかし教主――見た目は想像以上に若い――は意に介した様子もなく、堂々とミランダの視線を受け流した。

「クロード・ウィルハイト。四代目教主です。ルイーゼ様について、いろいろと誤解があるようですね」

「なんだって？」

教主――クロードがマントを広げると、ルイーゼの身体がすっぽりとその中に収まった。

「食事に関してはルイーゼ様が選択したことです」

「はぁ……!?」

「ルイーゼ様が『食べない』と仰《おっしゃ》れば、我々にそれを阻《はば》むことなどできません」

「あんな食事を続けていたら、誰だって衰弱するのは明らかだ！　そんなことすらも分からないのかい!?」

「分かりませんね。我々は専門家ではないので」

ミランダの頭の中がさらに熱くなる。

クロードの仕草、表情、言葉の返し……すべてが彼女の神経を無遠慮に刺激した。今すぐ胸ぐらを掴み上げたい気持ちを、ぐっ……と堪え、食い縛った歯の間から漏れるように返す。

「だから、アタシがそれを請け負おうって言ってんだよ」

「その必要はありません。こちらで専門家を用意致しますので」

「な……!?」

「助言ありがとうございます。これでよりルイーゼ様が過ごしやすい環境にできます」

それで話は終わりだと言わんばかりに、クロードはギルバートの方を向いた。

「陛下」

まだ話は終わっていない——怒鳴りたい気持ちを堪える。

ギルバートとの会話を遮る訳にはいかない。クロードがそうと知って彼に話しかけたのは明らかだ。

「聖女研究所とやらについてですが——とんでもない。聖女の神聖さを貶《おとし》める行為は神の怒りを買いますよ」

「しかし……国防上に問題があるのは事実だ」

「それは騎士および冒険者の怠慢です。先に解決すべき問題を棚上げして聖女の研究など、許されるはずがない」

この国は王政だ。王の言葉は絶対。だというのに、こうして会話を聞いていると国王のほうが押されていると感じてしまう。

「我々も認識が甘かったと反省しています。よもや王族であるニック元王子が、ルイーゼ様を幽閉する暴挙に出るなど微塵も思いませんでしたので」

クロードは眼鏡の位置を指で押し上げつつ、先を続けた。

「――ですので、今後は教会内部にて私兵団を組織することにいたします」

「それはならん！　兵が必要ならこちらから用意すれば済むであろう！」

公に私兵を持つことは禁じられている。

クロードは、あろうことか国王陛下の御前でそれを堂々と言い放った。

さすがのギルバートも語気を荒らげるが、クロードはそれをさらりと受け流す。

「身内が何をするのか分からない王族の方々が寄越した者など信用できない、と申し上げているのです」

「ぬぅ……！」

「これもすべて聖女様の御身を守るための必要経費です。ご承知下さいますね？」

なまじ真実だけに、王は何も言い返せない。

王族と教会。

ニックの引き起こした事件により、両者の力関係は完全に逆転していた。

「ルイーゼ様。参りましょう」

「……はい」

素直にクロードのあとをついていくルイーゼ。

「待ちな！　まだ話は終わって――」

その場から立ち去ろうとするクロードをミランダから庇《かば》ったのは――他ならぬ、ルイーゼだった。

「教主様を責めないでください。悪いのは私です」

「ルイーゼ……」

「食事を『食べない』と選択したのは私。食事内容を決定したのも私。決して教主様が食べるなと言ったからじゃありません。すべて、私自身が招いた結果です」

いつもの顔でそう告げてから、ルイーゼはクロードがいかに素晴らしい人間かを語り始める。

「落ち着いて聞いておくれ。そいつは――」

「教主様を悪く言わないでッ！」

「――っ」

ひときわ大きな声が、裁判所の中に響き渡った。

「教主様は先代……クラリスさんが亡くなって打ちひしがれ、毎日泣いていた私の心を救ってくれたんです！　私に寄り添い、涙を拭い、背中をさすって話を聞いてくれた！　今の私があるのは教主様のおかげなんです！」

「ルイー、ゼ……」

何かに取り憑かれたようにまくし立てるルイーゼの迫力に、ミランダは完全に呑み込まれていた。

「いいんですよルイーゼ様。私に落ち度があったことは事実。彼女はそれを指摘して下さっているに過ぎません」

「でも教主様。あなたへの誤解は解いておかないと」

「大丈夫です。誰に誤解されようと、あなたが理解して下さればそれでいいのです」

ミランダの長年の勘が、うるさいほどに警鐘を鳴らしていた。

クロード。彼は危険だ。

このままルイーゼを連れて行かれてしまうと、大変なことになる。それを分かっていながら、ミランダは何も打つ手がなかった。

打ちひしがれる彼女に、アーヴィングが手を置いた。

「落ち着けミランダ。ルイーゼがああ言っているんだ。ここは彼に任せよう」

クロードを肯定するような発言をしたのち、ミランダにしか聞こえない声で素早く耳打ちする。

「――今は何を言っても無駄だ。大人しく引き下がれ」

アーヴィングの言葉を聞いて、クロードは勝ち誇ったような笑みを浮かべた。

「理解が早くて助かります。では、失礼します」

▼

「――ここなら気兼ねなく話せるな」

クロードがルイーゼを連れ去ったあと、アーヴィングはミランダを連れて裁判所の裏手に回った。

「アンタ、何か知ってるのかい？」

「あいつは幻惑系の魔法の使い手だ」

「何……!?」

魔法には二種類の型が存在する。

練習次第で誰もが使えるようになるものと、生まれ持った才能でしか使えないもの。

幻惑系は後者に位置していて、ありもしない幻をあると見せかけたり、嘘を真実と思い込ませたりできるという。ミランダも聞いたことがあるだけで、実際に見たことはない。

「アンタは見たことがあるのかい？」

「一度だけな。その時術中にはまった奴とルイーゼの目がそっくりだった」

軟禁生活を送っている時、何度か教主のことが話題に上がった。その頃から、アーヴィングはルイーゼが操られている可能性に気がついていた。

そしてクロードを実際に見て、疑問は確信に変わった。

「あの手の魔法を外側から解くのは至難の業だ」

記憶に定着した幻惑はやがて真実に変わる。長年それに囚われたルイーゼにとって、教主が自分の味方であるということはもはや事実にすり替わっている。

解くためには、術中にかかっていた期間と同じ年数が必要になる。

ルイーゼの場合、少なくとも七年程度の時を費やさなければ解放されない、ということだ。

「そんな……七年も待ってたら、あの子の寿命が尽きちまうじゃないか！　何か方法はないのかい！」

「荒療治になるが、一つだけ手はある。手順は――」

アーヴィングは今一度周辺を確認してから、ミランダにそっと耳打ちする。

「ほ、本当にそれであの子の目が覚めるのかい？」

「ああ。そのための鍵はもうルイーゼに渡してある」

彼は強く――強く、拳を握った。

「俺はもう逃げない。聖女という楔《くさび》も、教主という檻《おり》も、真正面からぶち破って必ずルイーゼを救い出してみせる」

「アーヴ……」

「だから頼む。協力してくれ」

アーヴィングが、深く頭を下げる。

ミランダの返事は決まっていた。

▼

教会本部・大聖堂。

ルイーゼの身柄を引き取ったクロードは、彼女を引き連れて裏手に回った。

表は聖女の銅像に祈りを捧げたい、懺悔《ざんげ》したいという人々で溢れ返っている。

聖女を連れて通ればどうなるかは火を見るよりも明らかだ。

クロードは、ここが自分の城だというのに身を潜めながら入らなければならなかった。

「ご苦労」

控室で働いている神官たちに手を上げて応え、階段を上がる。

その先はクロードが認めた者しか入れない私室だ。

煌びやかなステンドグラスを通した光に照らされる玉座——国王の椅子を模して作らせた——に、どっかりと腰を下ろす。この高さでも喧噪《けんそう》が耳に入ってきたが、それほど不快感はなかった。

これは言うなれば——新たな王の誕生を祝福する声だ。

顔が笑みを作ろうとするのを止められず、クロードは上を向いて吠えた。

「クハハ、は、ハハハハハ、ハーハッハッ！　うまくいった、うまくいったぞぉ！　国王、王子、聖女、騎士、冒険者——みんなみんな、私の掌で踊る操り人形だッ！」

幻惑魔法。

人を惑わせ、嘘を真にすり替える素晴らしい魔法の才能が自分の中に息づいていたと気付いたのは、神官という職に就いてから数年後のことだ。

当時、ただの神官だったクロードは手始めに神官長を失脚させ、その座に成り代わった。

彼より少し優秀で、少し在籍期間が長いだけの目の上のコブのような存在が消え去る。

この時の経験が、しがない神官だった一人の男を貪欲に上を目指す魔物へと変貌させた。

クロードは他人を実験台にしていろいろ試すうち、条件があることに気付く。

幻惑魔法は身体、もしくは精神が弱っている人間にしか通用しない。

次に失脚させようとした教主は老いてはいるものの、身体的にも精神的にも健全だ。

幻惑魔法は通じない。

他に操れる人間がいないかと教会を探し、クロードは次なる獲物を発見する。それが聖女クラリスだ。彼女の姉であるメリッサは、聖女の重責に耐えきれずたった一年で役目を交代した。

ならば妹であるクラリスも、任期は長いものの根底の精神は脆《もろ》いと踏んだが——見通しが甘かった。

彼女に幻惑魔法を使っていることを勘付かれてしまう。

「テメェ、あたしに何しようとした？」

「ぐぇ……」

首を掴まれ、女とは思えない力強さで壁に叩きつけられる。

「一度だけ見逃してやる。次はコイツを目の中に押し込むぞ」

「は、はひぃ！」

火の付いたタバコをちらつかせながら睨みを利かせるクラリスに、クロードはガクガクと首を縦に振るしかなかった。これで諦める彼ではなかったが、受難はまだ続いた。

教会の掌握《しょうあく》を後回しにして、クロードは王族に幻惑魔法を使える者がいないかを探した。

そして見つけたのが、第七王子であるアーヴィングだ。王子の中では年少組——まだ十二か十三だったはず——であり、力のないクロードでも暴力で脅せば簡単に精神を弱らせることができる。

「何をしている」

様子を窺《うかが》って連れ去ろうとしたところを第四王子アーネストに見つかり、腕を捻りあげられる。

「ち……違います違います……！　私は教会の使いで文書を持ってきただけです！」

「だったらどうして弟を見ていた」

「道を聞いていいかどうか、迷っていたんです！」

「そうは見えなかったが？」

騒いでいると、城の広場で遊んでいたアーヴィングがこちらに気付いた。

「兄様。どうしたんですか？」

「なんでもないよ。話をしているだけだから」

クロードをアーヴィングに見せないようにしながら、アーネストは優しく声をかける。

「アーヴ。ここは一般の人も入ってくるから、遊ぶなら裏にしなさい。私もすぐに行くよ」

「分かりました」

アーヴィングが無邪気に去るのを待ってから、アーネストはクロードを乱暴に突き放した。

「弟に免じて一度だけ見逃してやる。次におかしな素振りを見せたら――」

アーネストは剣の柄に手を触れる。それだけで彼が何を言いたいのかを嫌というほど察した。

クロードは一目散にその場から逃げ出した。

(第四王子アーネスト……あいつは危険だ)

次期国王の呼び声の高い彼は今後、大きな障害になることを予見させた。

まだ政治的な力を持たない今のうちに手を打たねばならない。

しかし焦っては事をし損じてしまう。だからクロードはじっと『その時』を待ち続けた。


何も手を出せないまま半年が過ぎ、聖女交代の時期がやってきた。

それと同時に、アーネストが国外に留学するという情報も得る。

待ち構えていた『その時』だと、クロードは行動を開始した。

多くの人間に幻惑魔法を試しているうち、クロードは使う前から『通じる』か『通じない』かをある程度判断できるようになっていた。

アーネストは『通じない』相手だ。だから彼は『通じる』相手――御者に幻惑魔法をかけた。

「崖《がけ》の頂上付近に行ったら馬のスピードを上げろ」

「……はい」

目論見は見事に成功し、アーネストを乗せた馬車は崖《がけ》から転落した。

あの高さだ。確認するまでもなく死は免《まぬか》れない。

時を同じくしてクラリスは聖女を引退する。次の聖女——ルイーゼはまだ子供だ。

暴力で脅して精神をすり減らせば、確実に幻惑魔法は『通じる』ようになる。

聖女を交代すれば死ぬことは前代で確認済みだ。

アーネストを葬り、クラリスは勝手にいなくなる。

邪魔者が一気に消え去り、クロードの計画は大きく前に進んだ。

「ついでだ。ルイーゼの様子も見ておくか」

馬車の転落を確認後、継承の儀式が行われているルイーゼのもとへと足を運んだ。

そこには——なぜかクラリスがいた。

ルイーゼを抱え、弱った足で何度も転びそうになりながら牛よりも遅い速度で歩いている。

(な——なんでまだ生きてるんだ!?)

継承の儀式は終わったはずなのに、まだ立って、動いている。

彼女が生きているとなると——その後の計画も大きく変更を余儀なくされてしまう。

一刻も早く、彼女には死んでもらわなければならない。

——その時、天啓が降りてきた。

邪魔者を排除し、さらにルイーゼをより確実に操れるようになる一石二鳥の策を。

周囲に人はいない。クラリスは見るからに衰弱している。

——今しかない。クロードはクラリスの前に立ち塞がった。

「……おまえ」

「これはこれはクラリス様。聖女様がこんな場所にお一人で来られるとは」

ナイフを抜き放ち、彼女との距離を一気に詰める。

「――危ないじゃないですかァ！」

「ぐ⁉」

振り下ろした切っ先が彼女の胸元をかすめ、ルイーゼもろとも後ろに転ぶ。儀式で疲れ果てているのか、ルイーゼが目を覚ます気配はない。

何もかもが、クロードの都合のいいように設定されていた。

「やはり私は、神に愛されている！」

「くっ！」

クラリスはルイーゼに覆い被さり、彼に背中を見せた。そこにクロードは容赦なくナイフを突き立てる。

「ひひひ、ひゃはぁ！　安心して下さい、その子は殺しませんよォ……私の操り人形として、しっかりと働いてもらいますからねェ！」

「ルイー、ゼ……」

ナイフを抜き、場所を変えては何度も突き刺す。何度も何度も。

「ご……め……ん」

クラリスの目から光が消え、完全に動かなくなった。

クロードはルイーゼを連れて戻り、目が覚めると同時にクラリスが亡くなったことを告げる。

彼女に依存していたルイーゼはむせび泣き、精神を摩耗させた。

——その心の隙間に入り込み、幻惑魔法をかけることは赤子の手を捻るよりも簡単だった。

こうしてクロードは、聖女という国の要《かなめ》を手に入れることに成功する。

そして病に倒れた教主に代わり、教会を手中に収める。

計画遂行のためには、ルイーゼにばかり幻惑魔法をかけ続けるわけにはいかない。

クロードは香水の匂いや刷り込みを利用し、幻惑魔法に似た効果が出るように仕向け、思考能力を奪うため食事を最低限に絞った。

それらは抜群《ばつぐん》の相乗効果をもたらし、幻惑魔法を解いてもルイーゼはクロードに依存し続けた。

残るは王族側だ。彼は聖女の名前を利用し、王国の財政を少しずつ削り取る。

一気に行えばボロが出る。

少しずつ、少しずつ金額を釣り上げながら次なる計画のための『人形』を探した。

幻惑魔法には限界がある。

『本人が思いもしないこと』は行動に移しにくい、ということだ。

疑問が生まれれば、そこから一気に幻惑が解けてしまう。

だから野心家で、成り上がるための材料を求めているような人物——できれば王子の中の誰かが望ましい——を慎重に探し続けた。

そして、最適な相手が見つかった。

それがニックだ。野心家の王子は他にもいたが、クロードが御せる相手ではないと採用を見送った。

彼の記憶を信頼に足る誰か——もちろん、実在しない人物だ——との会話にすり替え、聖女不要説を信じ込ませる。

ニックが不正な手段を用いて聖女を追放したとなれば、一気に王族を責める理由が出来上がる。

——計算外だったのは、七日間という猶予《ゆうよ》期間を設けたこと。

ニックには『抗議』と称して何度も幻惑魔法をかけ直す羽目になり、ルイーゼが手の届かない場所に監禁されたことにはかなり焦らされたが——結果的に、何もかもが上手くいった。

ルイーゼ自身の活躍により封印は再び施され、彼女の行動は民衆から喝采《かっさい》を浴びた。

そしてクロードは計画通り王族を切り崩す手段を得た。

あと少し。あと少しで、王族側を完全に掌握《しょうあく》できる。

「そうすれば、この国は——晴れて僕のモノだ」

▼

「……」

ルイーゼは虚ろな目でぼんやりと立ち尽くしている。

久しぶりだからと幻惑魔法を強く掛けすぎただろうか。

ルイーゼには特に入念な洗脳を施している。今回の件で離れていてもそうそう解けることはないと証明されたが……やはり不安は残る。

「より絆を強固にするため、形だけでも婚姻しておくか」

教主と聖女が結ばれるとなれば、国中が諸手を挙げて喜ぶだろう。

全く食指の動かないみすぼらしい身体だが、そちらは別で好みの女を用意すればいい。

「何せ、僕はこれから王になる男だからな……ん？」

ふと、ルイーゼの左腕に糸で結った紐が結びつけられているのが目に入った。

「それはなんだ？」

「アーヴがくれた、御守りです」

「――ふん。くだらん」

クロードはそれを引きちぎり、床に投げ捨てた。

「……」

ルイーゼは何も言わない。

「アーネストを葬り、クラリスをこの手にかけ、ルイーゼを洗脳しながら苦節十年か」

――感傷に浸るのはまだ早いと思いつつ、これまでの苦難の道に思いを馳《は》せるのを止められない。

もちろん、そこで満足はしない。本物の玉座を手に入れ――さらに『先』を目指す。

「これは第一歩に過ぎない。いずれこの大陸すべてが、私のモノになるのだ」

クロードが手を伸ばすと――ルイーゼがその手を握った。

顔を上げた彼女の両目からは、涙が流れ落ちていた。

「ククッ。私と結婚できるのがそんなに嬉しいんですか」

たとえ好みでなかったとしても、そんな目で見られると悪い気はしない。たまに可愛がってやるくらいのことはしてやってもいい。そう思える程度の美しさを、彼女は持っている。

「……本当に」

「ええ、本当ですよ」

「本当に……クラリスさんを殺したの」

——それはクロードの術中にかかっているルイーゼから、絶対に出ることのない言葉だ。

「——え？　なぜ、どうして……幻惑魔法が、解けている……!?」

一度かけた魔法が解けることはある。しかしそれは強靭《きょうじん》な精神の持ち主しか為し得ないことだ。

「あり得ない……こんな体力も精神も脆弱《ぜいじゃく》な小娘に、私の幻惑魔法が破られるはずがない！」

クロードはルイーゼの質問を無視して叫ぶ。

それはこの状況において、質問を肯定するに等しい行為だ。

「そう………。本当に……あなたが黒幕だったのね」

ルイーゼは混乱するクロードの頬に、めいいっぱいの力を込めた掌を振り抜いた。

「この——クソ野郎！」

「あぶえぇ!?」

▼

——六日目の夜。

「条件がある」

三年以内に聖女の不要を証明する。ルイーゼの無茶とも言える提案に対し、アーヴィングが長い沈黙の末に出した返事がそれだった。

「教主と一切の接触を断て。奴はお前の敵だ」

「——ッ！　まだそんなことを言ってるの？」

教主はルイーゼを絶望の淵から救い出してくれた素晴らしい人だ。会ったこともないアーヴィングが彼の何を知っているというのか。

「まあ待て。まずは最後まで聞け」

怒るルイーゼを手で遮り、彼は話を続けた。

「奴は巧妙に正体を隠し、お前からの印象を操作している」

アーヴィング曰く、教主は幻惑という特殊な魔法の使い手である可能性があるという。

魔法と暗示を組み合わせることで自分に好印象を抱かせ続けている——と。

「奴は香水か、匂いのするものを付けていないか？」

確かに、教主は香水を好んで付けている。とてもいい匂いで、嗅ぐと安心感を覚えた。

「それが暗示や催眠の鍵となっている可能性がある。もちろんこれは俺の想像に過ぎないが」

「想像で教主様を悪く言わないで」

「しかし本当だった場合、恐ろしいだろう。七年間も正体を見せず、お前の言う『素晴らしい人物』を演じている」

絵に描いたような聖人である教主が、実は陰から人を操る黒幕だった。

これが物語か何かなら、そういう展開のほうが見る人には受けるだろう。

だがこれは現実だ。全くもって笑えない。

「教主はシロかクロか。それを完全に判別するためにはお前の協力が必要だ」

「どうして私が、教主様を疑うようなことをしなくちゃいけないの？」

「疑うためじゃない。教主を信じられないひねくれ者の俺に、彼の素晴らしさを証明するため……と考えてくれ」

アーヴィングは教主を知らない。

ならばルイーゼが教主の素晴らしさを、身の潔白を証明してやればいい。

そう考えると不思議なもので、反発していた心が嘘のようになくなった。

上手いこと転がされているような気はしたが……それで教主を信じてくれるなら構わない。

「……分かったわ。それで、何をすればいいの？」

「奴は幻惑魔法の使い手。そしてお前の敵だと頭の片隅に留めておいてくれ。思うだけでいい」

幻惑魔法は強力である反面、脆《もろ》くもある。

少しでも術者を疑う心があると、何かのはずみで一気に解けてしまうことがあるらしい。

「できるか？」

「……うん」

「よし」

頷いてから、彼はルイーゼの手首に小さな紐を結びつけた。

「これは？」

「御守りだ。あることをすると効果が発動し、掛けられている魔法の効果が弱まる」

「あることって何？」

「教主が味方なら、絶対にやらないことだ」

詳しくは教えてもらえなかった。

ルイーゼが知ることで発動を回避される危険性を考慮しているらしい。

「教主をほんの少しだけ疑うこと——これが俺の条件だ。呑むならこの騒動を収めるため全面的に協力するし、聖女の不要を完全に証明だってしてみせる」

条件、と言いながらルイーゼにデメリットは一切ない。強いていうなら、教主を疑うことに罪悪感があるくらいか。

「分かったわ。条件を呑む」
▼

「信じて……たのに」

彼のために、身の潔白を証明しようとした。その人柄、素晴らしさをアーヴィングに知ってもらい、謝ってもらおうと考えていた。

だが真実は残酷で——実際はアーヴィングが正しかった。

信じたくない。これは夢だと思いたい。しかし……今、クロードは確かに言った。

聖女の使命を全うしたはずのクラリスを、この手にかけた……と。

あの時一緒に流した涙は——すべて、嘘だったのだ。

「く、クソォ！　幻惑が解けたならもう一度術中に嵌めてやる！」

「——は、離して！」

不意打ちで横っ面を叩けたが、正面から敵《かな》う相手ではない。

「こっちに来い！　私の目を見ろぉ！」

「嫌！」

徐々に彼のほうへと引きずられていく。

その時——天井のステンドグラスを割り、一人の男が降ってきた。

「汚い手でルイーゼに触れるな」

アーヴィングだ。彼は抜刀した剣を、そのまま一直線に振り下ろす。

教主の腕が切断され、ルイーゼは後ろに尻餅をついた。

「あ——ああああああ！　私の、私の腕がぁぁぁああ!?」

両膝をついて絶叫するクロード。

「だ、誰かぁぁぁ！　曲者だ！　助けてくれぇ！」

「騒いでも誰も来ないぞ。表を見てみろ」

アーヴィングは剣に付いた血を振り払うと、窓の外を見るように告げる。

クロードの視線に釣られて、ルイーゼも窓から下を見やった。

——許しを請う人々の喧騒に紛れて、別の声が混ざっていた。

しかもそれは、知っている声だ。

「教会は聖女様を虐待しているぞ！　聖女様を解放しろ！」

「教主は聖女を使って謀反を企てているよ！」

「聖女様は命を削って我々を守護してくださっています！　自由が与えられるべきです！」

「ミランダさん……エリック……ピアまで!?」

知っている顔はそれだけだが、他にも見知らぬ人物——騎士や、赤い顔をした中年——たちが教会を糾弾するようなことを口々に叫んでいる。

神官たちが集まり鎮めようとしているが、騒動の輪は収まるどころか広がっている。

「注意を逸らすため、方々に声をかけて集まってもらった。それでもここに侵入するのは骨が折れたがな」

アーヴィングはクロードの前に立ち、彼の喉元に剣を突きつけた。

「諦めろ。貴様の負けだ」

「ほ……お、お前に野心はないのか!?」

クロードは痛みで脂汗を浮かせ、残った腕を振るいながら唾《つば》を飛ばした。

血に濡れた指が、ルイーゼを指す。

「あいつは金を無限に生み出す金の鶏だ！　民衆を跪《ひざまず》かせる聖なる盃《さかずき》だ！　それを利用し、さらなる高みに上る気はないか!?」

「……」

「今ならまだ間に合うぞ、私の部下になれ！」

開いた掌を、アーヴィングに向ける。

「この手を取るんだ！　そうすれば金も地位も、女だって思いのま――」

「仕置きが足りんようだな」

アーヴィングは眉間に皺を寄せながら、残る左腕も斬り落とした。

「まあああああ!?」

「今すぐにここで切り刻んでやりたいところだが……そんな慈悲をお前に与えるつもりはない」

幻惑魔法用の対策だろう、痛みで暴れるクロードの目を素早く塞ぎ、逃げられないよう拘束する。

「余罪をすべて白日の下に晒《さら》したのち、法がお前を裁く。その時を待っていろ」

両腕を失った教主に、この窮地を脱する術《すべ》はなかった。

栄光の道を僅か数分で転がり落ちたショックか、腕の痛みか――そのまま泡を吹いて気絶する。

「私の……覇者への道が……みち、が……」

こうして、祈りを止めることを発端とした一連の騒動に、本当の終止符が打たれた。

教主が謀反を企てていたことにより、教会は事実上の解体となった。

とはいえ、これほど巨大な組織をいきなり潰せはしない。

神官長クラスを王族側の人間と入れ替え、表向きはなんら変わりないよう運営を行うことが精一杯だった。大急ぎで立て直しを図っているらしいが、ありとあらゆる書類が不正に改ざんされており、かなり四苦八苦しているとのこと。

クロードが作り上げた組織の闇はかなり根深い場所にまで伸びていた。

先の一件によって聖女の地位は大きく向上した。

それでルイーゼ自身が変わったわけではないが、二つの権利を国王から賜《たまわ》ることになった。

一つは祈りを休む権利。

騎士や冒険者が協力して布陣を敷くことで、週に一日だけ祈らなくてもいい日を設けた。

便宜上、その日は『聖女の休日』と呼ばれている。

定期的に休むことで寿命も少しは伸びる上、騎士や冒険者にとってその日はいつもより強い魔物と戦える訓練の日になる。

そしてもう一つは、専属で人を雇える権利。さしあたりルイーゼが雇った人物は二人。

まず、食事係。

これにはミランダが——彼女の望み通り——就いてくれた。ルイーゼの体調や状態に合わせ、様々な料理を作ってくれる。また、体力向上の意味も含めて運動の指導も担当してくれた。

そして――守護係。

聖女の身を守る、聖女だけの騎士。これにはアーヴィングが就いてくれた。

「たとえ世界中が敵に回っても、俺はお前を守る剣であり続ける」

「……はい」

跪《ひざまず》き、騎士の誓いを宣言するアーヴィング。

予兆は前からあった。しかし、はっきりと自覚したのはこの時だ。

――彼への、淡い恋心を。

▼

月日が経つのは早いもので、あっという間に二週間が過ぎた。

日課である祈りを終えたタイミングで、ミランダから声をかけられる。

「おはようルイーゼ。食堂においで」

「はい！」

移動するなり、いい匂いが鼻をくすぐった。祈りの直後はあまり食欲が湧かないルイーゼのために、彼女が作ってくれた特製のスープだ。おいしくて、温かくて、飲むだけで元気が湧いてくる。

「エリックのやつ、またCランク試験に落ちたらしいよ」

「え、またですか」

数日前は『今度こそやれます！』と自信たっぷりに言っていたことを思い出しながら、スープを口に運ぶ。

これで四回目……彼の落ち込みようが目に浮かんだ。

「剣の腕前はもうとっくにCランクを超えてるんだけどねぇ。どうも筆記試験でいつも引っかかってるみたいだよ」

頭を使うのが苦手と豪語（？）していたエリックらしい理由に、思わず苦笑してしまう。

先にCランクに上がった相棒ピアの存在もある。エリックならば遅かれ早かれ上がれるだろう。

とりとめのない話をしていると、アーヴィングがルイーゼを迎えに来た。

「行くぞ」

「うん」


アーヴィングは聖女の騎士であると同時に聖女研究所の責任者となり、とても忙しい日々を送っている。専属の騎士というと常に傍で身を守ってくれるようなイメージがあるが、彼はその限りではない。

少し寂しさを感じているが、文句は言っていられない。

聖女の問題を解決しろという難題をふっかけたのは、他ならぬルイーゼなのだから。

「ここなら周辺に人はいない。広さも適当でちょうどいいだろう」

国中の物件を見て回り、ようやく研究所に使えそうな場所が見つかった。

寂《さび》れた山奥にある小さな屋敷だ。長期間、買い手がいなかったようでかなり埃が溜まっている。

ひとつの事件は終わったが、すべてはこれから始まったばかりだ。やることは山のように積み上がっている。

それらを片付けた遙か先に――望む終着点がある。

魔窟を破壊し、聖女の不要をアーヴィングが証明するという、本当に目指すべき終着点が。

そうなった場合、今度は怒ることなく、素直にそれを受け入れるつもりだ。

「アーヴ。その……ごめんなさい」

「何がだ？」

「あなたが教主さ――教主を敵って言った時、それを信じようとしなかった」

アーヴィングは必死でルイーゼの目を覚まそうとしていた。

しかしルイーゼは、アーヴィングこそ敵なのではないかとすら疑っていた。

「なんだ、そんなことか」

「そんなこと、って……」

「幻惑魔法の術中に嵌まっていたんだ。気にするな」

アーヴィングはベランダの外に目を向け、雑草だらけの裏庭を見下ろした。

「俺はお前に返しきれないほどの恩を受けている。それをこれから一生かけて、少しずつ返していくつもりだ」

「い、一生……」

（それって、その……。ずっと一緒にいてくれる、ってこと？）

言葉の裏を勝手な都合で解釈してしまい、頬が熱くなる。

心臓が早鐘を打ち、上手く言葉が紡げない。

前までは普通に話ができていたというのに……経験のない自分がもどかしくなる。

「そ、そうだ！　お礼をしないと」

「礼など不要だ」

「だめ！　あなたは命を救ってもらったって言っていろいろしてくれるじゃない。だから私もお返しをしないといけないのっ」

固辞しようとする彼を無理やり遮り、その場で目を閉じて待つように告げる。

「……そこまで言うなら」

アーヴィングは渋々とだが、目を閉じた。

（――よし）

ルイーゼは隣の部屋に置いてあった木箱を持ってきて、それを彼の前に置いた。

音を立てないよう注意しながら上に乗ると、二人の身長がちょうど同じ高さになる。

「……」

近くで見ると、とても整った顔立ちをしていることに今さら気付く――いや、思い出す。

アーヴィングが美形だったことは、あの日からもう知っていることだ。

彼はこれまでずっと、ルイーゼの味方で居続けてくれた。

国を捨ててまで逃げようとしたことは褒められるべきではないが、それもルイーゼを思ってのこと。

——市井《しせい》の書物にしか登場しない白馬の王子様と、アーヴィングの姿が重なる。

心臓が耳の隣にあるかと思うほどにうるさい。彼に聞こえてしまわないか、心配になるくらいだ。

(こ、これはただのお礼！　他意はないわ！)

感謝の気持ちを、行動に移すだけ。そもそも彼とは七年前に——不可抗力とはいえ——もう済ませている。

今さらどうということはない。

ルイーゼは木箱では足りない分の高さを、少しだけつま先を上げることで補う。

そして無防備に目を閉じたままのアーヴィングに、口づけを——

「——あっ」

「ぐお⁉」

——しようとした瞬間、木箱の上で体勢を崩した。

そのまま前に倒れた結果——アーヴィングに頭突きを食らわせるような格好になってしまった。

完全なる不意打ちを喰らい、その場に尻餅をつくアーヴィング。

ルイーゼは謝ることすらできず、ただオロオロすることしかできなかった。

「…………な、なるほど」

鼻を押さえながら、アーヴィングは立ち上がり——そして何かを納得したように頷く。

「専属の騎士になったからと言って調子に乗るな、ということだな」

「……え」

「安心しろ。ちゃんと分は弁えている」

「あの、違……」

「いい機会だから、誤解のないように言っておく」

「そ、その……キスを、しようと」

恥ずかしすぎて声を最小限にまで絞ったことが災いし、ルイーゼの言葉は彼に届かなかった。

「俺の目的は聖女という楔《くさび》からお前を解放することだ——しかし、その本分を超えるような深い関係になるつもりは毛頭ない」

「……ぇ」

がーん、と、頭の中で謎の効果音が響いた。

(それってつまり……『脈なし』ってこと!?)

「おかしな誤解を招いて研究に差し障りがあってはならん。そこは線引きをする。安心しろ」

「あ、ちょっ……」

立ち去るアーヴィングの背中に手を伸ばすが、彼はそれに気付かずするりと出口へ行ってしまった。

「……どうしてこうなるの」

膝から崩れ落ちそうになるところを、なんとか踏ん張って耐える。

「まだよ……まだ、諦めないわ」

誰も聖女を信じないという逆境をも跳ね除けたのだ。それに比べれば、脈なしくらいどうということはない。

目標に向かって突き進めば――必ず明るい未来が待っている。

（絶対、振り向かせてみせるんだから！）

「どうしたルイーゼ？」

「何でもない。今行くわ」

決意を新たに、ルイーゼは一歩を踏み出した。

この作品に対する皆様のご意見・ご感想をお待ちしております。

おハガキ・お手紙は以下の宛先にお送りください。

【宛先】

〒150-6008 東京都渋谷区恵比寿 4-20-3 恵比寿ｶﾞｰﾃﾞﾝﾌﾟﾚｲｽﾀﾜｰ 8F
（株）アルファポリス　書籍感想係

メールフォームでのご意見・ご感想は右のＱＲコードから、
あるいは以下のワードで検索をかけてください。

アルファポリス　書籍の感想　検索

ご感想はこちらから

本書は、「アルファポリス」（https://www.alphapolis.co.jp/）に掲載されていたものを、
改稿、加筆のうえ、書籍化したものです。

「聖女《せいじょ》など不要《ふよう》」と言《い》われて怒《おこ》った聖女《せいじょ》が
一週間祈《いっしゅうかんいの》ることをやめた結果《けっか》→

八緒あいら（やおあいら）

2021年 2月 5日初版発行

編集－古内沙知・宮田可南子
編集長－太田鉄平
発行者－梶本雄介
発行所－株式会社アルファポリス
〒150-6008 東京都渋谷区恵比寿4-20-3 恵比寿ｶﾞｰﾃﾞﾝﾌﾟﾚｲｽﾀﾜｰ8F
TEL 03-6277-1601（営業） 03-6277-1602（編集）
URL https://www.alphapolis.co.jp/
発売元－株式会社星雲社（共同出版社・流通責任出版社）
〒112-0005 東京都文京区水道1-3-30
TEL 03-3868-3275
装丁・本文イラスト－茲助
装丁デザイン－AFTERGLOW
（レーベルフォーマットデザイン―ansyyqdesign）
印刷－図書印刷株式会社

価格はカバーに表示されてあります。

落丁乱丁の場合はアルファポリスまでご連絡ください。

送料は小社負担でお取り替えします。


ISBN978-4-434-28415-1 C0093